마음에 타는 불
무엇으로 끄려는고

고승열전 24 청담큰스님

마음에 타는 불 무엇으로 끄려는고

윤청광 지음

우리출판사

윤청광

전남 영암 출생으로 동국대학교에서 영문학을 전공했고, MBC-TV 개국기념작품 공모에 소설 〈末島〉가 당선되었으며, MBC에서 〈오발탄〉〈신문고〉〈세계 속의 한국인〉 등을 집필했다. 그 동안 대한출판문화협회 상무이사 · 부회장 · 저작권대책위원장 · 한국방송작가협회 이사 · 감사 · 방송위원회 심의위원을 역임했고, 〈불교신문〉 논설위원을 거쳐 현재 〈법보신문〉 논설위원, 법정스님이 제창한 〈맑고 향기롭게 살아가기 운동〉 본부장, 출판연구소 이사장을 맡아 활동하고 있다. BBS 불교방송을 통해 〈고승열전〉을 장기간 집필했고, ≪불교를 알면 평생이 즐겁다≫≪불경과 성경 왜 이렇게 같을까≫≪회색 고무신≫ 등의 저서가 있으며, 기업체 · 단체 연수회에 초빙되어 특강을 통해 '더불어 사는 세상'을 가꾸고 있다.

BBS 인기방송프로
고승열전 24 청담큰스님
마음에 타는 불 무엇으로 끄려는고

2002년 10월 23일 개정판 1쇄 발행
2022년 3월 15일 개정판 2쇄 발행

지은이/윤청광
펴낸이/김동금
펴낸곳/우리출판사
등록/1988년 1월 21일 제9-139호
주소/03746 서울특별시 서대문구 경기대로9길 62
전화/(02)313-5047, 5056
팩스/(02)393-9696
E-mail/woribooks@hanmail.net
www.wooribooks.com

ISBN 89-7561-195-7   03810

책값은 뒷표지에 있습니다.

· 지은이와 협의하여 인지를 붙이지 않습니다.
· 잘못된 책은 본사나 구입하신 서점에서 바꾸어 드립니다.

쯧쯧쯧! 어째서 너희들은 눈에 보이는 것만 안다는 말이냐, 그래……

마음을 알아야 합니다.
마음은 생각도 아니고 지식도 아니지만 이 마음을 빼놓으면 아무것도 없습니다.
죄나 복, 착한 일이나 악한 일을 다 마음이 하고, 깨치지 못하는 것도, 깨쳐서 번뇌망상을 없애는 것도, 다 이 마음이 하는 일입니다.

마음의 원리를 깨치지 못하면 생사윤회를 벗어나지 못하게 되는데, 중생들은 항상 몸뚱이를 '나'라고 착각하고 의식주를 위해 생존경쟁을 하다가 죄를 짓고 온갖 고통을 당하게 됩니다.
원래 그대로의 천진한 이 마음을 조작없이 제대로 가지면 이 마음 그대로가 곧 큰 '도'인 것입니다.
이 마음이 곧 부처이며, 이 마음이 곧 나이며, 사람이며, 초목이며, 유정이며, 극락이며, 이 마음이 곧 불가사의한 우주인 것입니다.

―청담스님 법어 중에서

차례

1
마음이란 놈을 이리 내놓아봐 / 15

2
세 번 실패한 출가역정 / 33

3
옷자락만 스쳐도 인연이거늘 / 53

4
큰스승이 알아본 큰제자 / 63

5
어머니를 위해서라면 지옥엔들 못가랴 / 77

6
끝없는 맨발의 참회고행 / 89

7
어머니도 삭발출가 비구니로 / 97

8
처처불상, 사사불공 / 115

9
왜경에 체포된 스님 / 127

10
옛 아내의 지극 정성 / 145

11
질기고 질긴 숙세(宿世)의 인연 / 163

12
둘째 딸도 삭발출가 비구니로 / 177

13
지옥과 극락이 마음 하나에 달렸으니 / 191

14
오동잎 떨어지면 가을인줄 알거니 / 209

15
우리의 불교, 이대로는 안 된다 / 227

16
불교정화의 불꽃 / 239

17
삼각산 도선사의 주장자 / 261

18
성불을 한 생(生) 미루더라도 / 275

우리스님, 청담스님

이십년도 훨씬 넘는 1960년대 중반의 일이었다. 그때만 해도 환경보호니 자연보호니 하는 말이 필요없을 때였다. 서울 우이동 도선사 계곡에는 사시사철 맑은 물이 흘러내리고 있었다.

우리들 수좌들은 끝없이 흘러내리는 그 맑은 물로 마음껏 얼굴도 씻고 몸도 씻고 옷도 빨았다. 두손으로 물을 퍼서 곧바로 마셔도 아무 탈이 없을 만큼 도선사 계곡의 물은 그야말로 맑고 깨끗했다. 산이나 계곡에는 비닐봉지나 쓰레기도 없었고 버려진 깡통도 전혀 없었다. 그때는 참으로 산은 산 그대로였고, 물은 물 그대로였고, 바람은 상큼한 바람 그대로였다.

우리는 자연 그대로의 산과 물과 바람속에서 살았다.

그러던 어느 날이었다.

우리 수좌들이 개울물에서 얼굴을 씻고 비누칠을 하고 있을 때였다.

"야, 이 녀석들아, 비누칠 좀 작작 하거라!"

등뒤에서 난데없는 고함소리가 들려왔다. 얼굴에 비누거품을 잔뜩 묻힌 채 뒤돌아보니 우리들의 엄한 스승, 청담스님이 버티고 서 계셨다.

"이런 망할 자석들! 아무리 흐르는 물이라고 그렇게 함부로 쓰면 되겠느냐?"

우리스님, 청담스님은 연거푸 야단을 치시는 것이었다. 그러나 우리 수좌들은 무슨 말씀인지 영문을 얼른 알 수가 없었다.

"야, 이 자석들아! 흐르는 물도 아껴쓸줄을 알아야 한다! 너희들이 여기서 이렇게 마구 더럽혀버리면 저기 저 아래 사는 사람들이 더러운 물을 쓰게 되는게야! 그래도 내말을 못알아 듣겠느냐?"

우리스님, 청담스님은 그런 분이셨다. 자연보호니, 환경보호니 구호 같은 말씀은 단 한 번도 쓰시지 않으셨지만 우리스님, 청담스님은 나무 한 그루, 풀 한 포기, 돌멩이 하나, 흐르는 물 한움큼까지도 그렇게 아끼고 사랑하셨다.

또 한번은 이런 일이 있었다.

그날 스님께서는 건강이 좋지 않으셔서 우리 제자들은 부랴부랴 들것을 만들어 스님을 모시고 가파른 산길을 내려가고 있었다.

그때만해도 우이동 종점에서 도선사에 이르는 약 2km의 길은 비좁고 가파르고 험준한 산길이라 걸어서 오르내릴 때였다.

들것 위에 스님을 모신 채 캄캄한 밤길을 다급하게 더듬어 내려가자니 여간 힘들지가 않았다. 제자 둘이 앞뒤에서 들것을 모신 채 숨을 헐떡이며 산중턱쯤 내려갔을 때였다. 스님께서는 잠시 쉬었다 가자고 하셨다. 당신의 고통보다는 제자들의 힘겨움을 미리 살피신 배려였다.

조심스럽게 들것을 내려놓고 잠시 숨을 돌리고 앉아 있는데, 스님께서 나직히 부르시는 것이었다.

"이 애, 나 좀 보아라······."

"예, 스님."

"그동안 내가 불교를 정화한다고 하면서 많은 사람을 절에서 나가게 했으니 나에게 원한을 가진 사람들이 많이 있을 것이야."

"……그, 글쎄요…… 하지만 스님, 그거야 불교정화를 위해서 하신 일이지, 어디 개인일로 하셨습니까?"

"물론 불교정화를 위해서 공적으로 한 일이다마는 그래도 중생들간에는 원한을 가질 수도 있을 것이야. 헌데 너 말이다……."

"예, 스님."

"나한테 원한을 가진 사람들이 이런 밤중에, 이런 산속에서 나를 해치려고 덤벼든다면, 너는 어찌하겠느냐?"

"원 참, 스님두…… 그런건 조금도 걱정하지 마십시오. 한 두녀석 아니라 수십 명이 덤벼든다고 해도 제가 단숨에 때려눕히겠습니다."

그때만해도 힘에 자신이 있어서 완력이라면 무서운 사람이 없을 만큼 힘과 기에 넘쳐있던 시절이라 제자는 자신있게 큰소리를 쳤다. 그러나 우리스님, 청담스님은 나직하게 그러나 준엄하게 제자를 꾸짖으셨다.

"이것 보아라."

"예, 스님."

"내가 그런 경우를 당했을 때, 너희는 결코 그렇게 나와서는 안 될 것이야."

"……무슨 말씀이신지요, 스님?"

"내가 그런 보복을 당하더라도 그때 너희는 상대방에게 덤벼들 것이 아니라 나에게 인과응보이니 모든 것을 받아들이라고 권해야 한다. 바로 그것이 옳은 수행자니라."

우리스님, 청담스님은 그런 분이셨다.

눈이 내려 쌓이고, 그 눈녹은 물이 비탈길에 얼어붙어 있으면 장삼속에 담고 다니시던 꽃삽을 꺼내어 기어이 얼음을 치워놓고서야

바쁜길을 가시던 스님이셨다. 등산객들이 행여라도 미끄러져 다칠까 걱정이 되어서였다.

　우리스님, 청담스님은 정말 그런 분이셨다.

　늙으신 어머님을 손수 모셔다가 삭발출가시켜 비구니로 여생을 사시게 한 스님, 청담스님.

　둘째 따님을 산에 데려다가 삭발출가시켜 부처님의 제자로 만드셨던 우리스님, 청담스님.

　엄할 때는 호랑이보다도 더 무서웠고 따뜻할 적에는 자애로운 어머니처럼 자상하셨던 스님 우리스님, 청담스님.

　제행무상 제법무아를 익히 알면서도 세월이 흐를수록 그립고 그리운 스님 우리스님, 청담스님.

　두고두고 우리곁에 계시어 사바세계 고해중생을 건져 주옵소서.

불기 2536년 11월
도선사 회주 혜성 합장

흙 한줌에도 살아있는 큰스님의 숨결

　삼각산 도선사는 우리 청담스님의 손길이 아직도 그대로 살아있는 곳이다.
　바윗돌 하나, 나무 한 그루, 흙 한 줌, 물 한 모금에도 스님의 숨결이 살아있고, 법당 앞을 지나는 바람결에도 스님의 가르침이 실려있다.
　도로도 없던 시절, 그 험한 비탈길을 다니시며 이런 깊고 깊은 산속에 의지 하나로 호국참회원, 그 우람한 가람을 세우신 청담스님.

　— 내마음이 깨끗하면 온 국토가 깨끗해진다(心淸淨國土淸淨).
　— 자비로운 마음에는 적이 없다(慈悲無敵).

　우리스님 청담스님은 자신의 편안과 즐거움은 생각지 않고, 이 땅의 불교를 불교답게 일으켜 세우기 위해, 그리고 이땅의 중생들을 편안케하고, 행복한 삶으로 인도하기 위해 한평생을 바치셨다.
　왜 불교의 때를 말끔히 벗겨내고 우리 불교를 우리 불교답게 살려내신 청담스님.
　이제 우리 문도들은 스님의 숨결과 가르침 안에서 구도 정진의 길을 걸어가고 있다.
　그동안 도선사를 더욱 잘 가꾸어 면모를 일신해 주신 이혜성스님과 박현성스님의 뒤를 이어, 모든것이 부족한 산승이 이 큰가람 도선사의 주지를 맡으니 청담스님께서 남기신 그 뜻을 감히 감당할 수 있을지 송구스러운 마음 금할 길이 없다.

　아무쪼록 이 한 권의 책 스님의 일대기가 이땅의 많은 중생들에게 삶의 지표가 되어주기를 빌 뿐이다.

불기 2536년 11월
도선사 주지 차동광 합장

1
마음이란 놈을 이리 내놓아봐

 서장대에서 내려다보이는 남강의 푸른 물결은 논개(論介)의 불 같은 충절을 수심 깊이 묻어둔 채 흘러가는 듯 잔잔하기만 했다. 이따금 구름사이로 내비치는 오후의 태양은, 몇 점 뭉게구름이 바람에 실려 어디론가 떠가고 있음을 느끼게 해 주었다.
 친구들과 어울려 짓궂은 장난을 하다가 싸움질을 했을 때나, 늦은 나이에 보통학교에 새로 입학하게 되었을 때, 그리고 어쩐지 심기가 불편할 때면 마음을 정리하기 위해 올라오는 곳이 이곳 서장대 기슭이었다. 유난히 빛나는 큰 두 눈 때문에 친구들 사이에서는 곧잘 부엉이라는 별명으로 불리기도 하는 그였다. 감수성이 예민한 탓으로, 유년기 때의 그는 친구들과 어울리기 보다는 혼자서 보내는 시간이 더 많았다. 그는 신학문을 배우고 있는 학생의 신분이었다.
 "허허허, 몹시도 목이 탔던 모양이로구먼, 응? 허허허허······."
 서장대 기슭에 앉아서 굽이쳐 흐르는 남강을 바라보고 있던 젊은 이찬호(李讚浩)는 목이 말라 호국사(護國寺) 경내로 내려와 갈증을 식히고 있었다. 맑은 샘물이 넘쳐흐르는 수각에 엎드려 벌컥벌컥 물을 마시고 막 일어서려는데, 앞에 웬 노스님 한 분이 껄껄 웃으며 서 있었다. 겸연쩍은 표정을 지으며, 움찔해하던 이찬호는 입가의 물을 닦으며 말문을 열었다.
 "······아, 예. 저기 저 서장대에 올라갔다가 목이 타서 이렇게 ······."
 "허허허, 그래. 그렇게 물을 한바탕 마시고 나니 이제는 속이 아주 시원해졌는가?"
 물건을 훔치기라도 하다가 들킨 사람처럼 찬호는 노스님의 웃음 섞인 물음에 얼른 대답을 못하고 있었다.
 "······모, 목을 축이고 나니 이제는 좀 살 것 같습니다. 스님 ······."
 주름진 눈매를 펴고 찬호의 두 눈을 빤히 내려다보면서 노스님은 말을 이었다. 아까와는 달리 다소 근엄하고 엄숙한 태도와 말씨였다.
 "그래? 하지만 목에 일어난 갈증은 이 물로 축이면 될 것이지마

는, 마음이 타서 생기는 갈증이라면 이 물로는 다스리지 못할 것이야."

"무슨……말씀이신지요? 스님……?"

"목이 타는 것은 물로 다스릴 수 있지만 마음에 타는 불은 물로써 다스릴 수 없다는 말이지."

찬호의 물음에 노스님은 같은 말을 되풀이했다.

"그렇다면, 스님. 마음이 답답할 때에는 어떻게 다스려야 합니까?"

"허허허, 마음이 답답할 적에는 어떻게 다스리느냐고?"

다시금 너털웃음을 터뜨리며 빤히 들여다보는 노승의 두 눈은 맑고도 깊었다. 그윽한 두 눈에 온 몸의 중심을 싣고 있는 듯 했다. 얼른 대답을 못하고 있는 젊은 이찬호의 코 앞에 손바닥을 내밀며, 노승은 말했다.

"어디 그 답답한 자네 마음을 이리 한 번 내놓아 봐. 내가 아주 편안하게 해줄 터이니……."

노승의 손은 마디가 굵고 거칠어 보였다. 코 앞에 펼쳐진 노승의 손바닥을 물끄러미 쳐다보면서 이찬호는 무언가에 압도당하고 있는 느낌이었다. 마음을 내놓으라는 노승의 말이 황당하다는 생각마저 들었다.

"마음을 내놓으라구요……?"

"그래, 어서 내놓아 봐."

노스님은 내민 손을 거두지 않고 오히려 손바닥을 더 크게 펼쳐 흔들기까지 하는 것이었다.

"마음이……도대체 어디에 있는데 내놓으라고 하십니까? 저는 마음이 어떻게 생겼는지 어디에 있는지도 모르겠습니다, 스님."

"허허허……마음이 어디에 있는지 어떻게 생겼는지, 그것도 모르면서 마음이 답답하다고 그랬는가?"

비록 나이가 들어 얼굴은 깊은 주름살과 함께 야위였고, 눈 앞에 내민 손은 거칠었지만 웃음과 함께 던지는 목소리는 청아하기 그지 없었다. 호탕하게 웃을 때 드러나는 가지런한 치아는 누런 빛깔을 띠고 있어서, 얼굴에 패인 주름살과는 대조적으로 강한 인상을 풍겨주고 있었다. 껄껄 웃는 듯 하면서도 흐트러짐 없는 잔잔한 목소리는, 꼼짝않고 서 있는 청년 이찬호의 가슴으로 화선지에 번지는 먹물만큼이나 강하고 빠르게 파고들어왔다. 마음이 어디에 있는지도 모르면서 마음이 답답하다고 말한 자신의 태도가 못내 경솔했다는 생각이 들었다. 주워담을 수만 있다면 다시 집어 얼른 목구멍으로 삼키고 싶은 심정이었다.

"……하오면 대체 그 마음이란 무엇이옵니까, 스님?"

넋을 잃은 사람처럼 멍하니 서 있다가 가까스로 정신을 차려 고개를 들었을 때는, 이미 노승은 뒷짐을 진 채 몇 발자국 멀어져 있

었다. 뒤를 돌아보지도 않고 발걸음을 옮기면서 이찬호에게 들려주는 노승의 목소리는 풍경소리와 함께 묘한 울림으로 다가왔다.

"······보이지도 않고 잡히지도 않고 형체도 없으되 마음은 곧 세상만사의 주인이니, 덥고 춥다고 하는 것도 마음이요, 기쁘다 슬프다 하는 것도 마음이요, 이 마음에 따라 개밥도 진수성찬이요, 진수성찬도 맛이 없는 법. 마음을 바로 알고 마음을 바로 닦으면 이 세상 모든 근심 걱정은 저절로 사라지느니라······."

노승은 벌써 저만치 멀어져 있었는데도 그 마지막까지 한 마디 한 마디가 또렷하게 들려왔다. 멀어져가는 노승의 뒷모습을 물끄러미 바라보고 있던 이찬호는 알지못할 흥분으로 가볍게 떨고 있었다. 지금까지 살아오면서 생전 처음 들어본 노스님의 마음이야기였다.

풍경소리를 들으며 물끄러미 서 있는 찬호의 얼굴에 석양의 햇살이 부채살처럼 퍼지고 있었다. 비탈진 산길을 내려오면서도 이찬호의 머리에는 노스님의 모습이 잠시도 떠나지 않았다. 집에 돌아올 때까지 내내 노스님이 자신의 앞길을 가로막고 큼지막한 손바닥을 벌리고 있는 것만 같았다.

덥고, 춥고, 기쁘고, 슬프다고 하는 것이 모두 마음이라면 마음은 도대체 어떤 것일까? 더울 때는 부채질로 더위를 쫓고, 추우면 불을 피우며, 기쁠 때는 웃고, 슬픔에 눈물 흘리는 것이 마음먹기에 따라서 일어나는 행동이라면, 마음만 잘 먹으면 어떤 일도 해낼 수 있는 초인적인 힘이라도 솟아난다는 말인가? 청년 이찬호의 가슴은 쿵쿵 뛰고 있었다. 그리고 또 뭐라고 말씀하셨지? 그래, 마음을 바로 알고 마음을 바로 닦으면 이 세상 모든 근심걱정은 저절로 사라진다고……?

방구석에 앉아있는 이찬호 앞에서, 여전히 손을 펴고 서 있는 노스님의 모습은 사라질줄 몰랐다.

"당신 책 보면서 공부하시는 줄 알았더니, 아까부터 무슨 혼자소리를 그렇게 하고 계세요, 예?"

오후에 호국사에서 일어났던 일을 떠올리고 있던 이찬호는 아내의 핀잔아닌 핀잔에 비로소 정신을 차렸다.

"책 읽는 것만 공분줄 알어? 나는 지금 마음 공부를 하고 있던 참이라구."

"뭐라구요? 마음공부요?"

돌아앉으며 정색을 하고 말하는 이찬호의 태도에 아내 또한 놀란 듯 두 눈이 둥그레졌다.

다음날도 학교수업을 마친 이찬호는 서장대에 올라 호국사를 찾아갔다. 어제 물을 마시다가 마주친 노스님을 다시 만나고 싶어서였다. 은은하게 들려오던 독경소리는 일주문을 들어서자 더욱 빠르고 맑게 울려왔다. 대웅전 앞을 지나 요사체에 이르자, 노스님은

마루에 앉아 저물어가는 서녘해를 바라보며 깊은 생각에 잠겨있었다.

"안녕하셨습니까, 스님?"

이찬호는 스님을 여러 곳 기웃거리지 않고 쉽게 찾았다는 반가움에 얼른 인사를 했다. 노스님은 천천히 고개를 돌리더니 이내 찬호를 알아보았다.

"으음……어제 와서 물 마시고 간 그 청년이구먼 그래?"

"예, 그렇습니다. 스님."

자신을 알아보는 노스님께 이찬호는 꾸벅 고개를 숙이며 반갑게 대답했다.

"그래……어제는 목이 말라서 물 마시러 왔다고 했거니와, 오늘은 또 무슨 일로 이 절을 찾았는고?"

이찬호는 무슨 특별한 볼 일이라도 있어서 찾아온 것이 아니었다. 다만, 노스님을 만나고 싶다는 마음과, 스님의 말씀에 대한 한 오라기 해답이라도 찾을 수 있다면 그만이라는 생각이었다.

"예, 저……어제 스님께서 마음에 관한 말씀을 해주시지 않으셨습니까?"

말이 떨어지자 마자 노스님은 이찬호의 얼굴을 빤히 들여다보면서 말했다.

"그래, 음, 그러고보니 이제 답답한 그 마음을 찾은 모양이로군!

"……그래, 어디 한 번 내놓아 봐."

이찬호는 당황하지 않을 수 없었다. 어쩌면 이렇게도 쉽게 마음을 내놓으라고 할 수 있을까 원망하고도 싶었다. 이찬호는 아무 말도 못하고 서 있었다.

"아니라면…… 그러면 대체 무슨 일로 이 절에 다시 왔는고?"

"예, 저……어떻게 하면 마음을 바로보고, 마음을 닦을 수 있는 것인지 그것을 좀 알고 싶어서 이렇게 다시 찾아뵈었습니다, 스님."

서당에 다니면서 일찍이 예의범절을 익혀왔던 이찬호의 공손한 태도는 노스님 앞에서도 예외는 아니었다. 더듬거리며 말을 잇는 이찬호를 향해 노승은 다시금 한바탕 웃음을 터뜨렸다.

"허허허. 이 사람 이거 콩밭에 가서 두부 찾을 사람이구먼 그래, 응? 허허허허……."

"무슨 말씀이시온지요, 스님?"

"아, 이 사람아! 마음을 바로보고, 마음을 닦는 일이 무슨 구구법 외우는 것처럼 당장에 되는 일인 줄 알어?"

그러면서도 노승의 억양에서 좀처럼 화낸다거나 비웃는 듯한 태도는 엿볼 수가 없었다. 도도하고 거만한 태도 대신에 가르침에 대한 부드러운 포용력을 느낄 수 있었다.

"그럼, 저……어떻게 배워야 되는 것인지요, 스님?"

"산에 가야 범을 잡고 바다에 나가야 고기를 잡는다는 말은 익히 알고 있으렷다?"

이찬호는 공손히 고개를 몇 번 끄덕였다.

"아, 이 사람. 마음을 제대로 알고 마음을 제대로 보고, 마음을 닦으려면 절간에 들어앉아 공부를 해야지 그냥 배워지는게 아냐."

절간에 들어앉아 공부를 해야한다는 노승의 말과 그렇게 하면 마음을 제대로 알고, 보고, 닦을 수 있다는 생각에 이찬호의 두 귀는 솔깃해졌다.

"그, 그럼, 이 호국사에서도 배울 수 있습니까, 스님?"

"자네는 집이 어딘가?"

내색은 하지 않았지만 기쁜 표정을 감추지 못하고 있는 찬호를 바라보며 노승은 나즈막한 목소리로 물었다.

경상남도 진주시 수정동 54번지.

이찬호는 보통의 한 작은 농가에서 태어나 지금까지 살아오고 있었다.

"그렇다면 여기서는 안되네!"

단호하게 잘라 말하는 노승 앞으로 한 발짝 다가서며 찬호는 그 이유를 물었다.

"왜 안된다고 하십니까? 스님."

"마음 닦는 공부를 하려면 속가를 버리고 출가를 해야 하는데 한

동네에서 출가가 되겠는가? 이 사람아…….″

두 눈을 크게 뜨고 묻는 찬호의 표정과는 반대로, 노승은 눈을 지그시 감으며 타이르는 듯한 태도였다. 느긋해하는 노승과 마주한 찬호의 가슴은 더욱 달아올랐다. 심장의 박동소리가 너무나 크게 들려 마치 고막옆에 심장이 있는 것 같았다.

"그러면 어느 절로 가면 되겠습니까, 스님?"

노승은 한참동안 아무 말 없이 앉아 있더니만, 몸을 고쳐 앉으면서 비로소 말문을 다시 열었다.

"마음 공부를 제대로 하자면 될 수 있는대로 고향에서 멀리 떨어진 절로 가야하는 법."

"고향에서 멀리 떨어진 곳으로 가라구요……?"

몸이 달아올라 있는 찬호를 놀리기라도 하는듯, 노승의 말씨는 점점 차분히 가라앉고 있었다.

"고향에서 멀면 멀수록 공부하기에는 좋은 법."

노승은 마침내 자리에서 일어나 방문을 열면서 하던 말을 계속했다.

"……하지만 섣불리 집을 나서지는 말게. 중은 아무나 되는게 아니라네."

노승의 표정에서는 반가움도 반갑지 아니함도 발견할 수 없었다. 마음 공부를 하겠다고 나서는 사람에 대해 가질 수 있는 환영의 표

시라든가, 아니면 연민의 정 같은 것도 느낄 수가 없었다.

청년 이찬호는 한참동안 닫힌 방문을 바라보며 그대로 서 있었다. 노스님은 방으로 들어간 뒤 아무런 인기척도 내지 않았다. 어느새 목탁소리는 그치고, 이찬호의 달아오른 가슴을 식혀주기라도 하듯 풍경소리만이 깊은 정적을 흔들어대고 있었다.

호국사의 노승, 채서응 스님으로부터 마음에 관한 짧은 법문을 들은 이찬호의 머리 속은 온통 의문으로 가득찼다. 지끈거리는 머리를 쥐어뜯으며 산을 내려와 집에 들어서자, 인기척을 들은 돼지는 주둥이를 우리 밖으로 내밀며 꿀꿀댔다. 먹이통에 있는 하얀 비지를 한 바가지 떠서 우리안에 넣어주자, 배를 주린 돼지는 허겁지겁 먹기 시작했다. 한참 바라보다가 한 바가지 더 뜨기위해 손을 옮기면서 하얀 비지더미를 본 순간, 이찬호는 문득 호국사 노승의 말이 떠올랐다.

그래, 마음 먹기에 따라 진수성찬도 개밥이요, 개밥도 진수성찬이라고 했겠다? 그렇다면 이 비지라고 해서 돼지만 먹으란 법은 없지 않은가? 그래, 이 비지를 진수성찬이라고 마음먹고 어디 한번 먹어보자!

찬호는 비지더미를 덥석 한 움큼 집어들고 먹기 시작했다.

수분이 빠지고 난 비지는 쉽게 삼켜지지 않았다. 떫은 배를 씹을 때처럼 목구멍이 퍽퍽했지만, 고소한 콩 냄새는 어느정도 맡을 수 있었다. 우리 속의 돼지는 여전히 꿀꿀거리며 주둥이를 놀리고 있었다.

"그래, 그래, 너도 먹고 나도 먹고, 같이 먹는거야."

찬호는 돼지를 바라보면서 혼잣말을 했다. 바로 그 때, 밭일을 마치고 집에 들어서던 아내는 남편의 행동을 보고나서 놀라지 않을 수 없었다.

"아니 여보! 당신 지금 대체 무얼 잡숫고 있는 거예요? 네?"

"으음, 음 여기 이게 있길래……."

"아이구 참, 세상에, 아 이건 돼지먹일 돼지밥인데 세상에 그래, 돼지 줄 비지를 잡숫다니 당신 정신 나가셨어요?"

소스라치게 놀라는 아내를 보는 남편은 오히려 담담했다.

"아, 아냐, 당신이 몰라서 그러는 모양인데……세상만사 마음먹기에 달린 것이야."

"뭐……뭐라구요? 아니 당신 지금 제정신으로 하시는 말씀이예요?"

"글쎄……마음 먹기에 따라서는 진수성찬도 개밥이요, 개밥도 진수성찬이라는 말이 있다구……."

"아무리 그렇다고 해도…… 돼지 줄 비지를 사람이 먹는단 말이예요, 그래?"

"거 괜히 떠들 것 없어! 돼지밥 다 먹어치운 것도 아닌데……."

이찬호는 아내의 따지고드는 태도가 못마땅하다는 듯 투덜대며 손에 든 비지더미를 놓고 마당 쪽으로 돌아섰다. 남편의 뒷모습을 바라보면서도 아내의 푸념은 계속됐다.

"아이구, 세상에 원 이게 대체 무슨 일이람? 멀쩡한 양반이 돼지 밥을 다 입에 넣다니……."

아내는 비지더미가 담긴 함지를 들어 돼지 우리 속으로 몽땅 털어넣어 버렸다.

"그래, 그래, 너나 어서 다 먹어 버려라! 이 비지 여기다 더 놔뒀다간 못 볼일 또 보게될라."

속타는 사람의 마음을 아는지 모르는지, 하얀 비지더미를 뒤집어 쓴 채 돼지는 더 큰 소리로 꿀꿀대며 코를 벌름거리고 있었다.

계절은 바뀌어 귀뚜라미가 밤을 새워 우는 가을이었다. 이찬호는 등불을 벗 삼아 학교 공부에 열중이었다. 그러나 그는 지난번 호국사의 노스님을 만난 이후로 마음에 대한 생각을 잠시도 잊은적이 없었다. 시간이 지날수록, 목이 말라 수각에 엎드려 벌컥벌컥 물을 마시던 자신의 모습과, 답답한 마음을 내놓으라고 코 앞에 내밀던 거칠거칠한 노스님의 큰 손이, 가물거리는 등불앞에 나타나는 횟수가 잦아졌다.

그러던 어느날이었다. 청년 이찬호는 첫 닭이 울자마자 집을 나섰다. 합천 땅, 가야산 해인사를 찾아 발걸음을 재촉하는 길이었다. 기어이 마음닦는 공부를 하기로 결심한 것이다.

천신만고 끝에 가야산에 들어섰을 때는, 해가 뉘엿뉘엿 서산을 넘어가고 있었다. 땅거미가 질 무렵, 해인사 경내에 울려퍼지는 범종소리는 고향에 있는 호국사의 그것보다 크고 웅장하게 들려왔다.

"이 늦은 시각에 무슨 일로 왔는고?"

이찬호는 해인사의 한 스님 앞에 단정히 서서 찾아온 연유를 짧게 말했다.

"예, 스님이 되려고 왔습니다."

"스님이 되겠다?"

"예, 그렇습니다."

"대체 무슨 연유로 스님이 되려고 하는고?"

"예, 저, 마음닦는 공부를 하려고 스님이 될까 합니다."

"마음닦는 공부를 하려고……?"

"예."

짧고도 거침없는 이찬호의 대답에, 해인사 스님은 잠시 생각하는 듯 하더니 다시 묻기 시작했다.

"너 대체 어디서 왔는고?"

"예, 경상도 진주땅에서 왔사옵니다."

"옷 입은걸 보아하니 학생같은데 학생임이 분명하렷다?"

스님은 이찬호의 옷차림을 찬찬히 뜯어보는 것이었다.

"예, 고등농림학교 학생입니다."

"부모 양친은 모두 계시더냐?"

"아니옵니다. 아버님은 돌아가셨고 어머님 한 분만 계시옵니다."

"그 밖에 가족은 누구누구던고?"

"예, ……저……사, 사실은……."

찬호는 잠시 말을 더듬거렸다. 스님은 더듬거리며 말을 이어가려는 찬호를 가로막고 나섰다.

"나이로 보아 분명히 부인도 있고 자식도 있으렷다?"

"……예."

"속세의 업이 그토록 두터운 사람은 출가할 수 없느니라."

"……하오면 스님……."

"여러소리 할 것 없다. 기왕에 부인과 자식이 있고, 게다가 편모가 계시다니 다니던 학교나 잘 마치고 가정을 잘 꾸리고 가꾸어 나가는 것! 그것도 아주 좋은 일이니라."

"아 아니옵니다, 스님. 소인은 기어이 마음닦는 공부를 하고 싶사옵니다."

"쓸데없는 소리. 오늘은 때가 늦었으니 저 아래 객실에 가서 하룻밤을 자고, 내일 아침 날이 밝거든 고향으로 돌아가도록 해라.

알았느냐?"

점점 큰 목소리로 단호하게 말하는 스님의 태도에 찬호의 대답은 힘없이 목구멍 속으로 잠겨갔다.

"……하오나, 스님……."

"더 이상 들을 것도 없고, 더 이상 할 말도 없다. 어서 나가거라!"

스님의 호통에 하는 수 없이 객실에서 뜬 눈으로 밤을 샌 이찬호는, 아침이 되자 다시 한 번 스님의 방문 앞에 무릎을 꿇고 애원하기 시작했다. 이찬호의 애원은 다만 출가를 허락해달라는 것 뿐이었다.

"안된다면 안되는줄 알 것이지 웬 말이 이리도 많은고? 장부답지 못하구나. 어서 냉큼 고향으로 돌아가지 못할까!"

"하오나, 스님……."

"허허, 인연이 닿지 않으면 어거지로 안되는 법! 더 이상 여러소리 하지말고 어서 집으로 돌아가거라!"

해인사 스님은 더 이상 이야기가 귀찮다는 듯 방문을 닫아 버렸다. 결국 청년 이찬호의 출가계획은 수포로 돌아가고 말았다. 지친 발걸음을 고향으로 되돌리는 수밖에 다른 도리가 없던 그는 터벅터벅 걸어서 꼬박 사흘 만에야 집에 돌아오게 되었다. 초췌한 모습으로 사흘 만에 나타난 아들을 붙잡고 어머니는 한숨부터 쉬었다.

"아니 그래, 그동안 대체 어딜 갔다왔다는게냐? 응?"

그러나 찬호는 어머니에게 스님이 되려고 절에 갔었다는 얘기를 차마 할 수가 없었다.

"아이구 답답해라. 이 에미한테 속시원히 말 좀 해라. 그래 그동안 대체 어딜 갔다 왔다는게야? 응?"

"염려 안하셔도 될 일입니다. 어머니."

간신히 말문을 연 아들을 지켜보던 어머니는 무사해서 다행이라는 듯 다소 누그러진 목소리로 말을 이었다.

"글쎄, 이렇게 아무 탈없이 돌아왔으니 이젠 마음이 놓인다마는 대체 어딜가서 뭘하고 온게야? 응? 친구들하고 어디 술집에라도 갔었던게냐?"

안타까워하는 어머니의 표정에 찬호는 하는 수 없이 절에 갔었다는 얘기를 털어놓고 말았다.

"아 아닙니다, 어머니. 절구경 좀 하느라고 합천 가야산 해인사에 다녀왔습니다."

"합천 해인사라니, 아 거기가 여기서 어딘데 거기까지 갔다 왔단 말이냐?"

"예 어머니, 해인사라는 절이 하도 크고 유명하다기에 구경 좀 하고 오느라구요……."

"정말이지, 너? 다른 데 갔었던 게 정말 아니지?"

어머니는 놀라면서도 아들의 말이 거짓이 아니라는걸 다짐받으려는 듯 물었다.

"정말입니다, 어머니. 제가 왜 어머니를 속이겠습니까?"

"난 또 그런 것도 모르고 너 보통학교 다닐 때처럼 또 그 무엇이냐, 독립만세 같은 것 부르고 다니다가 순사들한테 잡혀간 줄만 알았었구나. 그리구 절에 가더라두 그렇지, 이 에미한테 절에 간다고 말이라도 하고 가는게 도리지. 온다 간다 말 한마디없이 집을 나가서 사흘씩이나 안들어오면 어쩌란 말이냐, 그래?"

"새벽에 갔다 저녁에 돌아올 수 있을줄 알고 그랬습니다. 어머니."

"그래 그래, 탈없이 돌아왔으니 됐다. 고단할텐데 어서 건너가 봐라."

"예 어머니, 그럼 편히 주무십시오."

찬호는 끝내 스님이 되려고 절에 갔었다는 이야기는 하지 않았다. 출가를 위한 첫 번째의 시도는 실패로 돌아가고 말았지만, 이찬호의 마음닦는 공부에 대한 꿈은 사라질 줄 몰랐다.

2
세 번 실패한 출가역정

　청년 이찬호가 3·1만세운동의 민족대표 33인 중의 한 분인 백용성(白龍城) 스님이 전라도 백양사에 있다는 소문을 들은 것은, 합천 해인사로의 출가가 좌절된 지 일년 만의 일이었다.
　눈보라가 몰아치는 한겨울, 청년 이찬호는 기어코 또다시 백양사로의 두번째 출가를 결행하기에 이르렀다. 경상도 진주에서 전라도 장성을 거쳐 꼬박 닷새를 걸어서 백양사에 도착한 찬호는 지친 몸을 가누며 한 스님 앞에 서게 되었다.
　"어디서 온 누구라고 하는고?"
　"예, 저, 경상도 진주땅에서 온 이찬호라고 하옵니다."
　"그래, 먼 길을 무슨일로 왔는고?"
　"예, 저, 용(龍)자 성(城)자 스님을 만나 뵙고자 왔사옵니다."

"허허, 용성스님을 만나뵈러 왔단 말이던가?"
"예, 스님."
스님은 안타까운 듯 말했다.
"너무 늦었네."
"예에? 너무 늦다니요, 스님."
너무 늦었다는 스님의 말씀에, 걸어서 꼬박 닷새만에 당도한 이찬호는 맥이 풀렸다.
"용성스님은 사흘전에 한양으로 올라가셨다네."
"사흘전에 한양으로요?"
"그래……헌데 용성스님은 무슨일로 만나뵈려 하는고?"
"예, 저……그 스님의 가르침을 받고 제자가 되어 마음닦는 공부를 하고 싶습니다."
스님은 고개를 끄덕거리며 다시 물었다.
"중이 되고싶다 그런 말이로구먼! 그렇지?"
"예, 스님."
"흠 흠, 거, 인연이 닿지를 않는 모양이구먼, 그래."
"인연이 닿지 않다니요, 스님?"
"자네는 용성스님을 만나뵙겠다고 먼 길을 왔지만 용성스님은 지금 한양에 가 계시니 인연이 닿질 않는게지."
"하오면, 스님……."

 기대가 허물어지는 순간이었다. 어찌할 바를 모르고 서 있는 찬호에게 스님은 달래듯이 말했다.
 "세상만사 억지로 되는게 아니니 단념하고 고향으로 돌아가시게."
 "절더러 고향으로 돌아가라구요?"
 고향으로 돌아가라는 말에 찬호는 눈물이 핑 돌았다.
 "오늘은 날이 저물었으니 저 아래 객실에 가서 하룻밤 쉬고 돌아가도록 하게."
 하는 수 없이 찬호는 스님 앞에서 물러나왔다. 한양까지 찾아가 볼까 생각도 해보았지만 아무 준비없이 나선 그로서 그것은 현실적으로 불가능한 일이었다. 결국 청년 이찬호의 출가기도는 두번째도 실패로 돌아가고 말았다.
 늙으신 어머니는, 엄동설한에 산 속을 헤매고 돌아온 아들 찬호의 속마음을 알 수가 없었다.
 "아니 그래, 이번에는 또 저 먼 전라도까지 다녀왔단 말이냐?"
 "예, 어머니. 장성 백양사에요……."
 "도대체 이 엄동설한에 무슨 절구경을 그리 멀리 갔다 왔더란 말이냐, 글쎄?"
 "절구경을 갔던게 아니구요, 그 절에 계시다는 훌륭한 스님 한 분을 만나뵈러 갔었습니다, 어머니."

찬호는 용성스님을 찾아갔다는 말을 솔직히 털어놓았다.

"훌륭한 스님이라니? 도(道)라도 통한 그런 스님이란 말이더냐?"

"그분은 지난 만세사건때 민족대표 서른세 분중에 한 분이셨던 훌륭한 스님이시랍니다."

찬호의 말을 듣고있던 어머니는 깜짝 놀랐다.

"아이구! 아니, 그럼. 너 또 만세운동하다가 순사한테 잡혀갈려구 그래?"

3·1만세사건 당시 거리로 뛰쳐나와 학생들의 앞장에 서서 만세를 부르며 선동했다는 이유로, 아들 찬호가 일본 관헌에 붙잡혀 1주일 동안 심한 고초를 겪었던 사실을 기억하고 있는 어머니로서는 놀라지 않을 수 없었다. 찬호는 우선 어머니의 쿵쿵 뛰는 가슴을 진정시켰다.

"아닙니다, 어머니. 그런 일은 절대로 안할테니 염려하지 마십시오. 이 아들을 믿으십시오."

"이 에미야 무엇을 알겠느냐마는…… 아, 나야 네가 어서 농림학교를 마치고 면사무소나 군청에 취직을 해서 이 늙은 에미 봉양이나 좀 하고 처자식 잘 거느리면 더 이상 무엇을 바라겠느냐?"

"예, 어머니, 잘 알겠습니다."

"그리구 또 이 에미에게 소원이 있다면, 너희 이씨 집안이 손이

귀한 가문이고보니 네가 어서 고추달린 손자놈들 너댓명만 낳아주었으면 좋겠구나, 내 말 알겠느냐?"

"잘 알겠습니다. 어머니."

아들의 속마음을 어느 정도 감지한 듯, 어머니의 걱정스러운 훈계는 밤이 깊어도 그칠줄을 몰랐다.

찬호는 묵묵히 앉아서 그저 고개를 끄덕일 뿐이었다. 잠시동안이라도 어머니의 마음이 편안해지기를 바라는 찬호의 마음은 여느 자식들과 마찬가지였다.

그러나 청년 이찬호는 출가의 꿈을 버리지 않은 채 인연이 닿기만을 기다리고 있었다. 1925년 봄, 비록 늦게 시작한 과정이었지만 이찬호는 진주고등농림학교를 졸업하게 되었다.

하얀 집오리들이 떼를지어 진주 남강 물위에서 한가로이 물장구를 치고 노는 모습을 바라보며 청년 이찬호는 보통학교 동창생인 박생광(朴生光)과 나란히 앉아 있었다. 박생광은 찬호보다 나이가 두 살 아래였는데, 보통학교를 마친후 미술공부를 하기 위해 일본으로 유학갔다가 방학을 이용해 고향에 잠시 돌아와 있었다. 마냥 오리떼만 바라보던 이찬호는, 지금까지 그 누구에게도 말한 적이 없는 자신의 비밀을 털어놓았다.

"여보게, 생광이. 나는 그동안 스님이 되기 위해 두 번이나 절에 갔었다네. 한 번은 해인사에 갔다가 실패를 했고, 두번째는 전라도 백양사에까지 갔다가 되돌아왔어. 이젠 농림학교를 졸업했으니 군청이나 면사무소에라도 취직을 해야할 일인데, 난 웬지 그런 데는 마음이 없고 지금도 스님될 생각만 하고 있다네…….”
　“정말 그렇게도 스님이 되고 싶단말야, 그래?”
　심각한 표정으로 속마음을 털어놓는 친구의 마음을 헤아리는 듯, 박생광은 한참만에야 입을 열었다. 진지하게 대꾸해주는 친구의 말을 듣는둥 마는둥 찬호는 잔잔한 물위에 시선을 멈춘 채 이야기를 계속했다.
　“참 이상한 일이었어. 난 어릴때부터 고기 먹는걸 아주 싫어했지. 그럴 때마다 어른들이 이녀석 중될 녀석인가, 고기를 싫어하게! 하면서 야단을 치곤 하셨는데, 생광이 자네도 기억하겠지? 우리가 보통학교 다닐때 저기 저 모래밭에서 공차기를 하다가 내 발바닥이 유리조각에 찔려 상처를 입었던 일 말야.”
　“그래. 그때 나는 찬호 자네 발바닥이 아주 두 조각이 나는줄 알았어.”
　“그때 난 참 이상하다는 생각이 들었어. 그렇게 큰 유리조각이 발바닥에 박혀있는줄도 모른 채 시합에 이기려고 정신없이 공만 찼으니…… 왜 그때 나는 발바닥 아픈줄도 모르고 있었을까 그게 늘 궁금했었어.”
　“그거야 공차는 데 정신을 온통 빼앗겼으니까 그랬겠지.”

"맞았어, 바로 그거야. 마음이 딴 데 팔려 있었으니까 아픈줄도 몰랐던 거야. 여보게 생광이!"

"왜?"

갑자기 이름을 부르는 소리에 친구는 눈이 휘둥그레졌지만 찬호의 표정은 담담했다.

"난 이제 마음이 주인이라는 것을 알게 되었어. 마음, 마음…… 이 마음을 제대로 보고 제대로 닦기 위해서 난 스님이 되려는 거야! 내 말 알겠어?"

마음을 바로 알고, 마음을 바로 찾고, 마음을 바로 닦기 위해서 스님이 되겠다는 결심을 그는 다정한 친구 박생광에게 털어놓았다. 그러나 박생광으로서는 얼른 이해할 수 없었다.

"글쎄 나는 무슨 말인지 잘 모르겠네만, 아무튼 기어이 스님이 되겠다 그런 말이지?"

"그래! 그래서 말인데 생광이 자네한테 부탁이 한 가지 있어."

"나한테 부탁이라니?"

"이번에 일본에 다시 건너가거든 내 부탁을 꼭 들어줘야겠네."

뚫어질 듯 쳐다보는 이찬호의 두 눈은 무서울 정도로 빛을 발하고 있었다. 박생광은 지레 겁을 먹은 듯 했다.

"무슨……부탁인데?"

"여기서는 내가 아무리 스님이 되려고 해도 인연이 닿지 않는 모양이니, 일본에 가서 내가 출가할만한 절이 있는지 그걸 좀 알아서 연락해주게."

"아니 그럼, 일본절에 가서 스님이 되겠단 말인가?"

박생광은 더욱 놀랬다. 일본에까지 건너가서 스님이 되겠다는 친구의 심정을 어느정도 헤아림직 했다.

"사람 보고 절에 가는게 아니니 일본절이면 어떻고 우리절이면 어떻겠는가? 부처님 모시기는 우리나 일본이나 마찬가지니까…… 왜, 내 부탁 들어줄 수 없겠는가?"

"……글쎄, ……그거야 뭐 일본에 건너가서 알아봐야겠지만……."

박생광은 머뭇거리다가,

"오, 마침 좋은 사람이 한 분 생각났어!"

하면서 손뼉을 치는 것이었다. 귀가 솔깃해진 이찬호는 엉덩이를 들어 바짝 다가 앉았다.

"좋은 사람이라니?"

"으응, 나한테 미술을 가르쳐주시는 다찌가와 간사이 선생님이라는 분이 있는데, 바로 그 분이 송운사(松雲寺)라는 절 주지스님과 절친한 사이야. 선생님 따라서 나도 그 절에 몇 번 놀러간 적이 있거든."

"그래? 그럼 그 절에 한 번 알아봐 주게. 꼭."

"알았어, 자네 생각이 정 그렇다면 건너가자마자 교섭을 해서 곧바로 편지하겠네."

친구의 말을 듣고, 이찬호는 뛸듯이 기뻐했다. 하늘을 쳐다보며 웃는 얼굴에는 오랫만에 희색이 가득했다.

친구 박생광은 다시 일본으로 건너갔고, 찬호는 농림학교를 졸업하게 되었다. 그는 군청이나 면사무소에서 일하라는 주위의 권유를 뿌리치고 오로지 일본에서 전해올 소식만 기다리고 있었다.

그러던 어느날, 밖에 나갔다 마당안으로 들어서자 때마침 어머니가 헛간 둥우리에서 달걀 하나를 꺼내들고 나오고 있었다.

"또 달걀을 낳았습니까, 어머니?"

"그래, 집안이 잘되려구 그러는지 저 암탉이 하루도 거르지 않고 알을 펑펑 잘도 낳는구나. 너 마침 잘왔다. 이 달걀 네가 먹어라."

"날계란을 먹으라니요, 어머니?"

"금방 낳은거라서 아직두 뜨끈뜨끈하다. 자 만져봐!"

"모아두셨다가 장에 내다 파셔야지, 왜 절더러 먹으라고 이러십니까, 어머니."

애써 외면하는 아들에게 가까이 다가서며 어머니는 다른 사람이 들으면 큰 일이라도 일어날 것처럼 낮은 목소리로 속삭이듯 말했다.

"내가 어디서 들은 소린데, 날계란 자주 먹으면 아들 낳는다더

라. 어서 깨먹어."

"원, 참 어머니두…그런거 다 헛소문입니다, 어머니."

"헛소문은 무슨 헛소문, 다들 그러던데……."

"원, 참 어머니는, 아니 고추달린 손자 보시기가 그렇게도 소원이십니까?"

"아, 그걸 말이라고 해? 집안에는 그저 손이 번성해야 잘되는 것인데 너 하나를 독자로 두었으니 이씨 가문 조상님들한테 무슨 뵐 면목이 있겠느냐. 그러니 너라도 어서 떡두꺼비 같은 아들을 쑥쑥 낳아주어야지. 자 이거 어서 깨먹어."

어머니의 얘기에 이찬호는 웃음이 나오기도 하고, 한편으로는 씁쓸한 생각이 들기도 했다.

"아, 아닙니다. 어머니. 다른 사람들이 그러는데요. 날계란 좋아하면 연달아 딸만 낳는답니다요……."

"……연달아 딸만 낳는다구?"

"예에!"

"아이구, 그렇다면 그런 소리듣고 날계란 먹으란 소리는 못하겠구먼……."

어머니는 치마자락을 추스리고 부엌쪽으로 향하면서 말했다.

"아이구 참 내 정신 좀 보게, 거기 마루 위에 편지 와 있다."

"편지라니요, 어머니?"

"그 뭐, 일본에서 보낸 편지라던가 그러더라."
"일본에서요?"
이찬호는 깜짝 놀랐다. 재빨리 마루로 달려가 편지를 집어들었다. 과연 일본에서 보내온 박생광의 편지였다. 찬호는 봉투를 뜯고 단숨에 읽어내려갔다.

〈이제서야 편지를 보내게 되어 미안하기 짝이없네. 그동안 선생님께 간곡히 부탁을 드렸으나 때마침 선생님께서 전람회 준비를 하시느라고 바빠서 통 절에 다녀오실 짬이 없으셨다네. 전람회를 마치고 나서야 선생님이 직접 송운사에 가서서 자네 이야기를 하고 부탁을 했더니 송운사 주지 아끼모도 준까(秋元淳稚) 스님께서 흔쾌히 받아주겠다고 허락을 하셨다네, 기뻐하시게.
준비가 되는대로 일본에 도착할 날짜와 시간을 알려주면 부두로 자네를 마중나갈 것이니 아무 염려말고 연락선을 타시게.〉

다 읽고나서 이찬호는 편지를 와락 가슴에 안았다.
"고맙네, 생광이! 정말 고마워!"
마루에 앉아 먼 산을 바라보면서 찬호는 혼잣말을 하고 있었다. 산마루에는 저녁 노을이 붉게 타오르고 있었다. 이찬호의 얼굴은 상기된 채, 뛸듯이 기뻤지만, 과연 어머니께는 어떻게 말씀을 드려야할지 그것이 또한 큰 걱정이었다.

　늙으신 어머니는 이제나 저제나 하면서 이씨 가문의 대를 이어줄 손자를 기다리고 있었다. 그런 어머니께 일본으로 건너가서 스님이 되겠다는 말을 차마 할 수가 없었다. 이찬호는 하는 수 없이 말을 둘러대야만 했다.

　"저, 어머니. 어머니……."
　"왜 무슨 할 말이라도 있는게냐?"
　"예, 저 드릴 말씀이 있어서요."
　"들어오너라."
　다듬이질을 하던 어머니는 방문을 열어주었다. 방에 들어선 아들은 다시 한 번 어머니를 불렀다.
　"어머니……."
　"왜?"
　"이런 힘든 다듬이질은 어멈 시키시지 왜 어머니가 하시고 이러세요?"
　"하루종일 농사일 하느라고 고단할텐데 이런 일이야 내가 좀 거들어 줘야지, 그래 대체 무슨 할 말이 있다는 게냐?"
　"예, 저 사실은……일본에 좀 건너갈까 해서요."
　"무엇이라구? 이, 일본에 건너가?"
　"예, 그렇습니다."

"아니 이건 또 무슨 소리냐? 느닷없이 일본엘 건너가겠다니?"
 농림학교를 졸업한 아들이 이제는 면사무소나 군청에 취직을 했으면 싶던 어머니는 놀라지 않을 수 없었다.
 "일본에 건너가서 공부를 계속할까해서 그렇습니다, 어머니."
 "일본에 건너가서 공부를 계속해?"
 "예."
 "아니 그럼, 일본으로 유학을 가겠다는게야?"
 "아니, 뭐…… 그런 셈이지요."
 "아니, 원. 가진 것도 없이 무슨 재주로 일본유학을 가겠다는게냐? 무슨 돈으로 유학을 가?"
 "어머니두, 참, 일본유학은 뭐 돈가지고만 가는 건가요? 돈 없이도 갈 수 있는겁니다. 어머니."
 "아니 그럼, 일본에 가면 먹고 자는 것은 어디서 하며, 그 많은 학비는 누가 대준다더냐?"
 엄두도 못낼 일이라는 듯 어머니는 퉁명스럽게 대꾸했다.
 "그렇게 아니구요, 어머니. 일본에 가서 일을 해주고 돈을 벌면서 공부하는 고학생도 굉장히 많답니다."
 "……그, 그러면 애비 너두 일본에 가서 그, 고학을 하겠다 그런 말이더냐?"
 걱정스럽게 바라보는 어머니에게 찬호는 주머니에서 편지를 꺼내 펼쳐보였다.
"이, 이것 보십시오, 어머니. 일본에서 생광이가 보내온 편지인데요, 생광이가 아주 잘아는 절 주지스님이 먹여주고 재워주는 건 책임지겠다고 하셨어요."
"일본 주지스님이 널 먹여주고 재워준다구?"
"예, 그 뿐만이 아니구요. 그 절에서 심부름이나 잔일을 거들어주면 학비도 충분히 벌 수 있답니다."
"절에서 먹여주고 재워주고 학비까지 벌게 해준다구?"
"예."
"넌……, 그래서 식구들을 여기다 다 놔두고 너혼자 훌쩍 일본유학을 떠나겠다는 게냐?"
"아유, 어머니두, 제가 가면 아주 갑니까요? 이, 삼년 공부 마치면 금방 돌아올텐데요, 뭐."
찬호는 우선 급한대로 어머니의 마음을 안정시켜야만 했다. 떠나면 언제 돌아올지 모를 기약없는 길이었지만, 어머니의 안심하는 모습을 보면 떠나는 마음이 조금이라도 가벼워질 것 같아서였다.
"에이그……내사 모르겠다. 유학길을 막을 수도 없구, 그렇다고 어서 가라고 할 수도 없구…… 난 모르겠으니 너 알아서 해라!"
어머니는 마지못해 모든 것을 아들의 뜻에 맡기고 말았다.
1926년 8월 삼복더위가 한창 기승을 부리던 여름날, 청년 이찬호

는 부산에서 관부연락선을 타고 마침내 일본 유학길에 올랐다. 오로지 스님이 되기 위해 출가를 단행한 세번째의 일이었다. 긴 항해 끝에 일본 병고현(兵庫縣)에 있는 송운사에 도착한 조선유학생 이찬호는 아끼모도 준까 스님 앞에 안내되었다.

"그래, 그대가 조선에서 건너온 이군이란 말이지?"

"예, 그렇습니다 스님."

"삭발출가하려면 조선에도 절이 많고 스님이 많을 터인데 어찌하여 일본에 오고 싶다고 했는고?"

일본스님은 조선청년이 머나먼 곳까지 찾아온 이유부터 물었다.

"예, 조선에서 스님이 되려고 절을 두 곳이나 찾아갔었습니다만 어찌된 일인지 인연이 닿질 않았습니다."

"어쩐 일인지 인연이 닿질 않았다?"

"예."

이찬호는 짧게 대답했다. 아끼모도 준까 스님은 인연이 닿지 않았다는 말에 대해 더 이상 캐묻지는 않았다.

"우리 송운사에서는 누구든 이년동안 행자생활을 하면서 그 품행과 자격을 인정받은 연후라야 삭발을 허락하는데 그래도 괜찮겠는가?"

"예, 무엇이든 이곳 규칙대로 따르겠습니다, 스님."

"수습 행자노릇도 쉬운 것이 아니니, 첫째는 부엌에서 음식만드는 일을 배워야할 것이요, 그 다음에는 차 끓이는 법을 익혀야할 것이요, 그 다음에는 법당청소, 복도청소, 마당청소도 해야할 것이요, 시장보는 일을 거들어야할 것이요, 그러면서 불경을 외워야할 것인데 과연 그 많은 일들을 모두 해낼 수 있겠는가?"

"예, 스님. 뭐든 다 감당해내겠습니다. 허락만 해주십시오."

"뭐든 다 감당해 내겠다?"

"예, 스님."

송운사 주지 아끼모도 준까 스님은 한동안 아무말없이 조선에서 온 청년 이찬호의 얼굴을 뚫어질 듯 바라보았다. 그리고는 다시한 번 다짐을 받듯 물었다.

"각오를 단단히 하고 왔으렷다?"

"예, 스님."

"좋아! 그럼 오늘부터 이 송운사에서 행자로 머물 것을 허락하겠네!"

입을 꼭 다물고, 시종 꼿꼿이 앉아서 빈틈없는 모습으로 자신의 마음가짐을 보여주려고 애쓰던 이찬호는 비로소 자리에서 일어나 정중하게 삼배를 올렸다.

"감사합니다, 스님. 감사합니다!"

훗날의 청담(青潭) 큰스님, 청년 이찬호는 스물 다섯의 나이에 일본에서 고달픈 행자생활을 시작하게 되었다.

 행자생활이란 어느곳에서나 고달프기 그지없는 나날이었다. 특히 일본 사찰은 법당에서 요사체로 이어지는 길고 긴 회랑이 양쪽으로 있는데, 이 회랑 복도를 쓸고 닦아야 하는 것도 큰 고역이었다. 또한 일본 사찰에서는 다른 승려들의 세탁물까지 행자가 맡아서 빨아 바치는 고약한 풍속이 있었다.

 빨래를 하는 방법에도 차이가 있었으니, 조선에서는 빨래 방망이로 한바탕 두들겨서 물에 헹구어내는데 반해 일본 사람들은 빨래감에 비누를 칠한뒤, 손으로 비비거나 방망이질을 하는게 아니라 맨발로 밟아서 빨래를 하는 것이었다.

 추운 겨울날, 깊은 산골짜기의 얼음을 깨고 빨래하는 일이란 여간 힘든 일이 아니었다. 한참동안 맨발로 밟은 빨래감을 물에 헹구어서 다시 비누칠을 하고 발로 밟고 있자니 고향에 계시는 어머니 생각이 문득문득 떠오르곤 했다.

 어머니는 그 많은 빨래를 혼자 하시면서 찬호가 거들어 드리기 위해 팔이라도 걷어부치고 나서면 '아니, 너 이게 뭐하는 짓여? 사내 대장부가 할 일이 없어서 아녀자들 빨래하는 데 기웃거려? 체신머리 없는 짓 하려들지 말고 어서 가서 너 할일이나 해! 아, 어서!' 하면서 손을 내저어 쫓아내곤 하셨다. 일본에까지 유학와서 얼음물에 일본스님들 옷가지나 빨고 있자니, 남다른 각오를 한 찬호로서도 처량한 생각이 들때가 한두 번이 아니었다.

의지할 곳이라고는 없는 타국땅에서 친구 박생광이 가끔씩 찾아오는 일에 그나마 위안을 삼을 수 있었다.

어느날 박생광은 빨래하는 찬호곁에 어느틈에 다가와서 말했다.

"허허, 이거 삭발출가 득도하여 마음닦는 공부를 하겠다더니 하는 일이 겨우 빨래나 하고 있는겐가? 응? 허허허."

"어, 생광이 자네 왔어? 그래 그동안 그림공부는 잘 되어가구?"

"나야, 이 사람아 일본에 눌러앉아서도 그리는 그림은 맨날 조선모습이라네. 헌데 자넨 이게 무언가? 일본중들 부엌데기에 빨래나 해주고 있으니……."

"모르는 소리말게, 밥짓는 것도 수행이요, 청소하는 것도 수행이요, 빨래하는 것도 수행이라네."

"허허, 그러고 보면 수행아닌게 아무것도 없겠네 그려? 응? 허허허……."

박생광은 목을 뒤로 젖혀 한바탕 껄껄 웃었다.

"그래, 바로 말했어! 모든게 수행이야. 걷고, 서고, 앉고, 눕고, 빨래하고, 차 끓이고, 말하고, 웃는 것, 이 모두가 다 마음 찾는 공부요, 이 모두가 다 마음닦는 공부라네."

"마음 한번 태평천하로구만, 그래서 주지스님이 그렇게 칭찬을 하시는겐가?"

"주지스님이 칭찬을 하더라고?"

 "아무리 어려운 일을 시켜도 말없이 척척, 더러운 일을 시켜도 말없이 척척, 심부름을 시켜도 언제나 척척, 참고 견디는 데는 도통한 친구라고 칭찬이 대단하시더라구."
 "누구한테 칭찬들으려고 잘하는 게 아닐세. 내 공부 내가 하느라고 그러는게지."
 빨래를 헹구면서 말을 계속하던 찬호는 뻐근한 허리를 펴는가 싶더니,
 "아이구 참, 자네 여기 잠깐 서 있게, 지금 종칠 시간이야!"
하고 소리치면서 종루를 향해 내달려 갔다.
 이찬호는 청년시절부터 참고 견디는 데는 첫째였으니, 열 가지 일, 스무 가지 고된 일에도 결코 화내는 일이 없었다. 그러나 일본 사찰 송운사에 더 이상 머물고 싶은 생각이 사라지게 된 일이 벌어지고 말았다. 하루는 송운사에 머물고 있던 한 젊은 일본인 승려가 쇠고기를 사오라는 심부름을 시켰던 것이다. 청년 이찬호는 시키는 대로 푸줏간에서 고기를 사다 바치고나서, 그날 밤으로 보따리를 챙기게 되었다. 그는 조금도 주저하지않고 주지스님에게 작별인사를 올리고 박생광의 하숙방으로 뛰어들고 말았다.
 며칠전까지만 해도, 묵묵히 참고 견디던 친구의 모습을 기억하고 있는 박생광으로서는 놀라지 않을 수 없었다.
 "아니, 이 사람아, 참고 견디는 데는 도통했다는 사람이 무엇 때

문에 갑자기 보따리를 챙겼단 말야 그래?"
 이찬호의 얼굴에는 흥분의 빛이 역력했다.
 "내 그동안 못볼 것을 숱하게 보면서도 참아왔어. 출가한 승려라는 사람들이 술마시고 마누라 얻고 거기다가 자식까지 두고……그러나 그것은 어디까지나 일본중늘이니까 그러려니 했었지."
 "그런데 또 뭐가 못참겠다는 것인가 그래?"
 "날더러 쇠고기를 사오라고 하질 않겠나? 내 비록 아직 머리는 안깎았지만, 명색이 승복을 걸친 사람인데, 고기 덩어리를 손에 들고 올 수가 없었어. 그래서 신문지로 싸준 고기를 승복 옷소매 속에 숨겨가지고 왔는데…… 오면서 생각을 했지…… 이런 절간에서 십년 백년 있어봐야 배울게 아무것도 없다…… 사실 그동안 눈여겨 봤지만 일본 불교에서는 배울게 아무 것도 없어!"
 아직도 굳은 얼굴이 펴지지 않은 이찬호를 바라보면서 박생광은 조심스럽게 입을 열었다.
 "……아니, 그럼, 조선으로 돌아가겠단 말인가?"
 "그럴 생각이네. 돌아갈 배삯이나 좀 마련해 주시게."
 일본으로 건너간 지 여섯달 만의 일이었다. 청년 이찬호는 끝내 삭발출가하지 못하고 고달픈 행자생활만 하다가 일본을 떠나왔던 것이다.

3
옷자락만 스쳐도 인연이거늘

 훗날의 청담(靑潭) 스님, 청년 이찬호는 세속화될대로 되어버린 일본 불교의 실상을 몸소 체험하고 나서 미련없이 고향으로 돌아오고 말았다. 짧은 기간이었지만, 일본 불교에서 부러웠던 점은 딱 한 가지가 있었다. 이때 이미 일본에서는 한문으로 된 불교경전을 모조리 쉬운 일본어로 번역해놓고 있었던 것이다.
 6개월 만에 돌아온 고향의 모습은 크게 달라진 것이 없어보였다. 유유히 흐르는 남강의 물결도 그렇거니와, 호국사가 있는 뒷산의 푸르름도 여전했다. 고향에 돌아오니, 누구보다도 반가와하는 것은 가족들이었다.
 "작년에 키우던 그 돼지가 아닌 것 같습니다. 어머니?"
 "아, 작년에 키우던 돼지야 벌써 장에 내다 팔았지. 씨앗도 사야

하고 비료도 사야하고…….”
 세월가는줄 모른다는 식으로 어머니는 눈을 힐끔 내려깔고서, 이번에는 돼지를 향해 중얼거렸다.
 “그래, 그래……어서 어서 많이 먹고 무럭무럭 크거라…….”
 어머니는 구유에 바가지를 탁탁 털면서 아들을 돌아다 보았다.
 “그, 그런데…… 너말이다……애비야…….”
 “예, 어머니, 말씀하십시오.”
 “너 대체 어떻게 된 일이냐?”
 “무슨 말씀이십니까, 어머니?”
 “아, 이 에미야 네가 일찍 돌아왔으니 좋은 일이다마는, 떠날 때 네가 그러지 않았어? 한 2, 3년 공부하고 돌아올 거라구…….”
 집에 돌아온 지 벌써 며칠이 되었건만 이찬호는 그동안의 일을 자세히 털어놓지 않고 있었다.
 “아, 예…… 난 또 무슨 말씀이신가 했습니다.”
 “그랬는데, 글쎄, 여섯 달 만에 아주 돌아와 버렸으니 그래서 하는 말이다. 혹시 일본에서 무슨 잘못된 일이라도 있었던 게냐?”
 찬호를 바라보는 어머니의 눈빛은 심히 걱정스러워 보였다.
 “아, 아닙니다……어머니. 무슨 일이 잘못돼서 일찍 돌아온게 아니구요, 공부하러 막상 일본땅에 가보니까…….”
 “그래, 일본땅에 가보니까…….”

"하고 사는 짓들이 우리 조선과는 영 딴판이더라구요."

"아, 그야 그렇겠지."

"그래서 배울점도 별로 없는 것 같아서 일찍 돌아오고 말았습니다."

"배울게 없어서, 그래서 일찍 돌아왔다구?"

"예에……."

아들의 대답을 듣긴 했지만, 어머니의 표정은 여전히 미심쩍은 눈치였다.

"난, 또 끼니마저 제대로 얻어먹지 못해서……그래서 돌아온줄 알았구나."

"아, 아닙니다……어머니……먹는거야 배불리 잘먹고 편히 지내다 왔는데요 뭐."

비록 어머니 앞에서는 태연한 척 했지만 청년 이찬호의 계획은 삭발 출가였다. 일본으로 건너가서까지 출가득도하려던 계획은 세번째도 실패로 돌아간 셈이었다. 그 출가의 꿈은 온가족이 아직 잠에서 깨어나지 않은 새벽에 다시 한번 꿈틀거렸다. 네번째 출가를 위해 찾아간 곳은 진주에서 비교적 가까운 거리에 있는, 경상남도 고성군 개천면 북평리 연화산에 자리잡고 있는 천년고찰 옥천사(玉泉寺)였다.

연화산 옥천사는 신라 제30대 문무왕 16년에 의상조사가 창건한

유서깊은 절이었다. 바위 속에서 용솟음쳐 올라오는 맑은 샘이 있어, 이 영묘한 샘의 이름이 옥천이요, 옥천이 있는 절이라 하여 옥천사라 부르게 되었는데, 수많은 사람들이 이 영묘한 옥천의 샘물을 마시기위해 찾아드는 곳이기도 했다.

청년 이찬호가 옥천사에 찾아든 것은 1927년 5월 20일의 일이었다. 서산에 해가 마악 넘어갈 무렵, 찬호는 우선 주지스님을 찾았다.

"어디서 온 누구시던고?"

"예, 저 진주에서 온 이찬호라고 하옵니다."

"진주에서 온종일 걸어왔으면 목이 몹시 마르겠구먼. 저기 저 법당 옆에 가면 옥천이 있으니, 거기 가서 그 샘물부터 한 바가지 마시고 오게."

"아, 예…… 그렇게 하겠습니다."

이찬호는 주지스님이 시키는대로 시원한 샘물을 한 바가지 마시고와서 스님께 큰절을 올려 예를 갖추었다. 옥천사의 주지스님은 다름아닌 남경봉 스님이었다. 공손하게 절을 올리는 찬호를 바라보면서 경봉스님은 차분한 목소리로 말을 꺼냈다.

"그래, 이 먼길을 무슨일로 오셨는고? 그냥 참배온 건 아닌 것 같고……?"

"저…… 사실은 출가득도하여 마음닦는 공부를 하고자해서, 그

래서 스님을 찾아뵈었습니다."
"출가득도하여 마음닦는 공부를 하고 싶다?"
"예."
"진주가 고향이라고 했던가?"
"예, 거기서 태어나서 거기서 학교를 다녔습니다."
"잘못오셨구먼!"
"예에? 잘못왔다니요, 스님?"
"이 사람아, 기왕에 삭발출가하려면 고향에서 천리만리 떨어진 곳으로 가야할 것이지, 엎드리면 코 닿을 곳으로 왔단 말인가? 당장 돌아가시게!"

옥천사 주지인 남경봉 스님이 당장 돌아가라는 것이었으니 이찬호는 또다시 눈앞이 아득해졌다. 이번에도 실패한다면 그것은 출가의 꿈이 네번째 꺾이는 셈이기 때문이었다. 이찬호는 다소 상기된 표정을 지으며 고개를 들었다.

"스님, 저는 오늘 온종일 걸어서 이곳 옥천사에 당도했습니다. 더구나 지금은 날이 저물었거늘 어찌 절더러 당장에 돌아가라 하십니까?"

찬호의 말투에는 울분도 조금은 섞여 있었다.

"그건 자네 말씀이 맞으이. 그러면 어서 저 객실로 내려가서 하룻밤 묵고 내일 아침에 돌아가시게."

당장 돌아가라는 말이 야속했다고 스스로 판단한 탓인지, 남경봉 스님은 한 수 물러섰다. 그러나 찬호는 자리에서 일어나지를 않았다.
"스님."
"왜 그러시는가?"
"제가 듣기로는, 불가에서는 옷자락만 스쳐도 전생의 인연이라 한다고 하였습니다."
"그, 그래서?"
"또한 제가 듣기로 이 옥천사는 천 삼백 년 전 의상대사께서 지으신 절인 줄 알고 있습니다."
"그, 그래서?"
"의상대사께서는 당신 혼자 계시기 위해 이 옥천사를 지으셨던 것이었을까요?"
"무엇이라구? 의상대사 혼자 계시려고 이 옥천사를 지었겠느냐?"
용의주도하게 던지는 이찬호의 질문을 들으면서 경봉스님은 놀라는 빛을 감추지 못하고 있었다. 질문은 계속되었다. 그것은 질문이라기 보다는 설득에 가까운 것이기도 했다.
"절을 지으셨을 적에는 이 절에서 당신의 가르침을 펴고자 지으셨을 것이요, 가르침을 펴고자 하셨으면 마땅히 그 가르침을 받을

제자가 있어야 할 것이 아니겠습니까, 스님?"

"허허, 이 사람이, 이거 못하는 소리가 없구먼."

"한 가지만 더 여쭙겠습니다."

"뭘 또 묻겠다는겐가?"

"대체 부처님 가르침은 어떻게해서 오늘까지 우리나라에 전해지 게 되었는가요?"

"무엇이라구? 부처님 가르침이 어떻게해서 전해지게 되었느 냐?"

스님의 놀라는 표정이 채 가시기도 전에, 이찬호는 자신의 질문 에 스스로 대답하고 있었다.

"부처님은 제자들에게 가르침을 내리셨고, 그 제자들이 또 그 다음 제자들에게 가르침을 전하셨고, 그 제자들은 또 그 다음 제자들 에게 가르침을 전하셔서 부처님 법이 오늘에까지 전해진 일이 아니 겠습니까, 스님?"

"그, 그야, 전해지고 전해져서 오늘에 이른것이지⋯⋯ 그, 그래 서?"

"제자가 되겠다고 찾아온 젊은이를 물리치심은 부처님 법을 전 해주지 않으시겠다는 것과 무엇이 다르겠사옵니까, 스님?"

"허허허허, 그러고보니 이 사람이 나에게 법문을 하고 있구먼 그 래? 대체 자네, 절밥을 얼마나 먹었는고?"

스님은 비로소 호탕하게 웃고나서 자리를 한번 고쳐앉았다.
"우리나라에서는 몇 끼 못먹었습니다마는 일본절에서는 여섯 달 동안 먹었습니다."
"일본절에서 여섯 달 있었다?"
"그렇습니다."
청년 이찬호와 옥천사 주지스님과의 대화는 밤이 깊어가는줄 모르고 계속됐다.
"그런데 왜 조선으로 다시 나왔단 말이던고?"
"말씀드리기 죄송하오나 일본불교에서는 배우고 본받을 점이 별로 없었사옵니다."
"허허, 그래?"
주지스님은 이찬호의 얼굴을 다시 한번 찬찬히 들여다 보았다.
"여보시게, 젊은이."
"예, 스님."
"아무리 좋은 고령토라도 제대로 된 도공을 만나야 백자가 되고 청자가 되는 법, 나같은 옹기장이를 만나면 옹기그릇밖에 되지 못하는 법이야."
"아니옵니다, 스님. 제아무리 좋은 고령토라도 땅속에 깊이 묻혀 있으면 도공인들 어찌 알고 그릇을 만들 수 있겠습니까? 그래서 여기 좋은 고령토가 있소! 하고 고령토를 파내는 사람도 필요하고,

　그 고령토로 백자 청자를 빚는 도공도 필요한 것이지요."
　"그럼 자네는 스스로 백자, 청자될 것을 미리 알고라도 있다는 말인가?"
　"세상만사 알 수 없는 일, 스님께서 저를 받아주시면 훗날 바로 이 옥천사 마당에 저의 탑과 비가 세워지게 될지 또 누가 알겠습니까, 스님?"
　"무, 무, 무엇이라구? 훗날 이 옥천사에 자네의 탑과 비가 세워질지도 모른다?"
　젊은 이찬호의 자신에 찬 말에, 스님은 놀라기도하고 한편으로는 황당무계하기 짝이 없었다. 묻고 그 대답에 귀를 기울이고 듣고 있느라고 경봉스님은 밤이 깊어가는줄도 모르고 있었다. 한편으로는 놀라고 또 한편으로는 허허 웃으며 이찬호와 법담을 주고받고 있을 때, 방앞에서 공양주보살의 말소리가 들렸다.
　"저, 주지스님, 저녁공양은 안드시렵니까요?"
　주지스님은 방문을 열고 말했다.
　"공양상 가져오셨는가?"
　"예, 주지스님."
　"보다시피 손님이 한 분 와 계시니 겸상으로 차려오시게."
　스님은 고개를 돌려 찬호를 바라보면서 공양주보살에게 일렀다.
　"예, 스님. 그럼 공양상을 다시 봐 오겠습니다."

"그렇게 하시게."

공양주보살과 주지스님의 얘기를 가만히 듣고 있던 이찬호는 화급히 이를 만류하였다.

"아, 아닙니다. 스님, 저는 객실에 가서 공양을 얻어먹는 것이 도리인 줄 아옵니다."

"허허 이사람, 받아주고 아니 받아주고는 내 알아서 할 일이요, 저녁공양은 주인이 손님을 대접하는 것. 달리 생각할 것 없이 함께 들도록 하게나."

"이거 도리에도 어긋나고 법도에도 맞지 않는 일이옵니다만, 주지스님께서 그리 분부하시니 따르도록 하겠습니다, 스님."

황송해하는 이찬호의 말에 주지스님은 고개를 가만히 끄덕일 뿐이었다. 마침내 청년 이찬호는 그토록 고대하던 순간을 맞이한 것이다. 주지스님의 말씀과 표정을 통해서 자신의 작은 꿈이 이루어지는 것을 느낄 수 있었다. 법담을 주고받으며 굳어졌던 얼굴은 봄눈 녹듯 서서히 풀리기 시작했다.

4
큰스승이 알아본 큰제자

　청년 이찬호는 출가를 시도하기 네번째에야 비로소 그 꿈을 이룰 수 있었다. 남경봉스님에 의해 옥천사에서 삭발출가하고 '순호(淳浩)'라는 법명을 얻었다.
　훗날의 청담, 순호스님의 세속나이 스물 여섯, 1927년 5월 스무 하룻날의 일이었다. 모름지기 청년 이찬호는 이제부터 그 호칭이 순호수좌(淳浩首座)로 바뀌게 되었다. 천년고찰 옥천사에서 순호스님의 본격적인 마음공부는 시작되었던 것이다.
　어느덧 독경소리, 풍경소리, 범종소리는 귀에 설익은 소리가 아니었다.
　"저, 순호스님, 순호스님."
　"예, 왜 그러십니까요, 보살님?"

순호스님은 방문을 열고 밖을 내다보았다.
"저, 주지스님께서 잠시 다녀가시라고 하시는데요……."
"예, 알겠습니다. 금방 올라가 뵙도록 하지요."
"저, 그런데 스님……."
"왜 그러십니까, 보살님?"
돌아서다 말고 보살은 더듬거리며 무언가 할 말이 남아 있는 것 같았다.
"……저, 스님 속가가 진주라고 그러셨습지요?"
"예에? 아니 보살님께서 그걸 어떻게 아셨습니까? 예?"
"아이구 이거 내가 주책이지. 처음 오신날 밤 주지스님하고 나누시는 말씀을 그냥 들었습지요 뭐……."
"아, 예……허지만 보살님만 알고 계셔야 합니다, 예?"
"아이구 그건 염려마세요, 그런데 혹시 말씀이에요……."
"예, 무슨 말씀이신지요?"
"제가 오늘 진주에 볼일이 있어서 나가는 길인데요, 혹시 스님 속가에 뭐 전할 말씀이라도 있으시면 주소만 가르쳐 주세요, 제가 다녀올테니까요."
"아, 아닙니다. 보살님, 사실은 우리집에서는 제가 여기 와서 출가한 줄 아무도 모르고 있습니다. 보살님, 그러니 제발……."
"아이구 세상에! 아니 그럼 부모님도 모르게 스님이 되셨단 말

씀이세요, 그래?"

"사정이 있어서 그렇게 됐으니 제발 더 이상은 말씀하지 마십시오, 보살님."

"아이구, 예, 알았구면요, 스님. 난 또 공연히 그런 사정도 모르고 산통 다 깰뻔했네……, 아이구 참, 스님. 얼른 건너가 보세요."

몸둘바를 몰라하면서 보살은 재빨리 발걸음을 옮겨 뒤안쪽으로 사라졌다.

순호수좌를 불러앉힌 주지스님은 조심스럽게 입을 열었다.

"순호야."

"예, 스님."

"너는 이제 싫든 좋든 출가수행자가 되었다."

"예, 스님."

"내가 아무리 생각해보아도 나는 너를 가꾸고 키울 그러한 위인이 못된다."

"아니옵니다 스님, 어찌 그런 말씀을 하시옵니까?"

"아니다, 너는 내 밑에서 지낼 그런 사람이 아니야……."

"무슨 말씀이십니까, 스님?"

"내 비록 공부가 짧고 도(道)가 얕으나 사람 하나 보는 눈은 밝은 편이니라."

"예, 그러시지요 스님."

"순호 너는 이 옥천사에서 염불이나 하고 탁발을 하면서 살림살이나 맡아서는 안될 사람이야."

"하오면 스님, 산속에 더 깊숙히 들어가서 참선을 하라는 말씀이시온지요?"

"그야 물론 참선도 해야 하고 경(經)도 읽어야겠지. 허나 그것보다도 더 급한게 한 가지 있으니……."

"더 급한 것이라니요, 스님?"

"대나무도 왕대밑에서 왕대가 나는 법, 제아무리 좋은 대들보감도 목수를 잘못 만나면 다듬질을 잘못해서 못쓰게 되고 그렇게되면 아궁이에 들어가는 경우가 생기느니라."

"무슨, 말씀이시옵니까요, 스님?"

"너는 이 옥천사에 오래 머물 생각을 해서는 안될 것이니, 이 옥천사에서 초발심자경문(初發心自警文), 사미율의(沙彌律儀) 이런 것들을 제대로 익히고 떠나야 할 것이야…… 자, 이것이 초발심자경문이요……."

주지스님은 책을 한 권씩 천천히 내밀며 하던 말을 계속했다.

"……또 이것이 사미율의. 사미승(沙彌僧)이 지켜야할 규범이 조목조목 다 적혀 있느니라……."

"스님 분부하신대로 이 경책(經册) 열심히 읽겠습니다, 스님…

….”
　순호스님은 두 손으로 공손히 책을 받아들고 엎드려 절했다.

　그로부터 또 몇 개월이 지난 어느날 밤, 순호수좌는 예를 갖추고 나서 주지스님과 마주앉게 되었다.
　"부르셨사옵니까, 스님?"
　"그래, 내가 불렀느니라."
　"……분부내리시지요, 스님."
　"너는 이제 이 옥천사를 떠날 때가 되었느니라."
　"아니 스님, 이 부족하기 짝이없는 순호, 대체 어디로 떠나란 말씀이시옵니까?"
　"전에도 내가 잠깐 얘기했었다마는 좋은 스승밑에서 뛰어난 제자가 나오는 법, 너는 이제 서울로 가야할 것이니라."
　"……서울이라니요, 스님?"
　"서울 개운사에 가면 대원암이라는 암자가 있으니, 그 대원암에는 조선불교의 대강백이신 영호당 박(朴)자, 한(漢)자, 영(永)자 큰스님이 계시느니라."
　"영호당, 박한영 큰스님이시라구요?"
　"그래, 그 큰스님께 내 이미 글월을 올린 바 있거니와……."
　주지스님은 탁자 밑에서 편지를 꺼내 순호수좌 무릎앞에 내놓았다.

"……이 서찰을 가지고가서 바치면 큰스님께서 너를 받아주실 것이야."

"……예, 스님."

"그리고 이것은 서울까지 노잣논, 이선 내원불교깅원 월사금이니…… 잘 간수했다가 큰스님께 올려야 할 것이야."

주지스님은 노란 돈봉투 두 개를 내밀었다. 순호수좌는 잠시 아무말이 없었다. 그저 눈물이 핑 돌뿐이었다.

"……스님, 감사합니다, 스님."

순호수좌는 금방이라도 쏟아질 듯한 눈물을 참으며 남경봉 스님 앞에 큰 절 삼배를 올리고 자리를 물러나왔다. 옥천사 주지스님이 야말로 청년 이찬호에게는 잊을 수 없는 첫 스승이었다.

마침내 순호스님은 서울에 올라와, 동대문 밖 개운사 대원암에 들게 되었다. 영호당(映湖堂) 박한영(朴漢永) 스님은 이곳에 대원불교전문강원을 설립하고 40여명의 젊은 학인들을 지도하고 있었다. 영호(映湖) 박한영스님은 당대 조선불교의 대석학이었고 대강백이었으며 명실공히 최고지도자였다.

"그래, 그대가…… 어느 절에서 온 누구라고 그랬던고?"

"예, 저, 경상도 고성 옥천사에서 올라온 순호라고 하옵니다."

"허면, 대체 무슨 일로 나를 찾아왔단 말이던고?"
"예, 조실(祖室) 스님 모시고 공부를 하고자 찾아뵈었습니다."
"이 강원(講院)에서 공부를 하고 싶다?"
"그러하옵니다, 스님."
"허허, 이거 낭패로구먼!"
"……낭패라니요? ……스님."
"보다시피 이 대원강원은 비좁기 짝이 없어서 40명 학인이 머물기에도 옹색한 터, 하다못해 저 위 산신각에서도 학인들이 자고있는 형편이라 더 이상 학인을 받아들일 수 없다네."
"하오나, 스님……."
"먼길을 왔으니 그 정성을 생각해서라도 웬만하면 받아주고 싶네만, 이 대원암 형편이 이 지경이고 보니 어찌하겠는가? 훗날을 기약하고 이번에는 그냥 돌아가시게."
사뭇 설득조로 타이르는 영호당 스님이었다.
그러나 순호수좌 또한 만만치 않았다.
"아, 아니옵니다. 스님. 제가 먹을 양식은 짊어지고 왔사옵고……."
"허허 이 사람, 먹을 양식도 양식이려니와 누울 자리도 없다니까 그래."
"그건 조금도 염려하지 마십시오, 스님."

"염려하지 말라니?"
"아, 이렇게 시퍼렇게 젊은 나이에 헛간에서 자면 어떻고 공양간에서 자면 어떻겠습니까 스님, 제발 조실스님 문하에서 공부만 할 수 있도록 허락해 주십시오."
"헛간도 좋고 공양간도 좋다?"
"예, 스님."
"공부하는 방에도 들어앉을 자리가 없다네."
"그것도 스님께선 염려하실 일이 아니옵니다. 공부방에 들어앉을 자리가 없다면, 저는 문밖 토방에 서서라도 스님의 가르침을 배우고자 합니다."
"토방에 서서라도 배우겠다? ……기어이?"
"예, 스님."
순호스님의 집념은 대단한 것이었다. 한 젊은 수좌의 집요한 향학열(向學熱) 앞에서는 영호당 스님도 혀를 내두를 수밖에 없었다.
"허허허허, 달마스님 찾아갔던 혜가(慧可)가 오늘 이 대원암에 나타나셨네 그려, 응? 허허허허, 자네 각오가 그렇다면 어디 한 번 함께 견뎌보세나."
위대한 스승과 제자의 만남은 이렇듯 뜨거운 구도열(求道熱)로부터 시작되었다. 이때부터 순호스님은 본격적인 불교경전 공부에

몰입했다. 개운사 대원암 대원불교전문강원에서는 운허(耘虛) 스님을 비롯해 서정주, 조지훈, 신석정, 김달진 등 이루 헤아릴 수 없는 수많은 인재들이 배출되었는데, 순호스님이 이곳에서 불교경전을 모조리 섭렵하고 대교과(大敎科)를 졸업한 것은 1930년의 일이었다. 이때 이미 순호수좌는 운허스님과 함께 주동이 되어 불교계를 바로잡을 결심으로 학인대회(學人大會)를 개최하기도 했다.

대원불교강원 대교과를 마치고나자 순호스님은 속세와의 인연을 깨끗이 끊고자 호적정리를 하기 위해서 진주에 있는 속가(俗家)를 찾아가게 되었다. 사립문을 밀치고 안으로 들어가자, 그사이 몰라보게 늙으신 어머니는 아들을 얼른 알아보지 못했다.

"아이구, 다 늦은 저녁때 탁발을 나오셨습니까. 잠시만 기다리세요, 스님······."

삭발하고 승복입고 걸망을 짊어진 스님이 아들 찬호일줄은 꿈에도 생각한 적이 없는 어머니였다.

"아, 아닙니다. 어머니, 제가 왔습니다."

"무엇이라구요? 어머니?"

"접니다. 어머니, 제가 왔어요."

어머니의 놀램은 이만저만이 아니었다.

"아이구 세상에! 이게 대체 누구란 말이냐 그래? 응? 아이구 내 자식 찬호야! 이게 대체 꿈이란 말이냐 생시란 말이냐, 응? 어디보자 어디봐!"
 "저예요, 어머니, 이제 그만 고정하십시오."
 "세상에! 이게 대체 무슨 일이란 말이더냐. 그래 응? 죽지않고 살아서 스님이라도 되었으면 살아생전 한 번은 만나겠거니 빌고 빌었더니……세상에 그래, 정말로 네가 이렇게 스님이 되었단 말이냐 그래, 응?"
 어머니는 마침내 눈물을 훔치면서 부엌쪽에 대고 며느리를 불렀다.
 "이것봐라 에미야―, 인자 애비가 왔다, 인자 애비가 왔어―."
 밥짓던 손을 씻으며 뛰쳐나온 아내는 스님이 되어 돌아온 남편의 모습을 보고는 돌아선 채 울기 시작했다. 어머니도 울고, 아내도 울고, 여섯 살 짜리 딸아이도 울고…… 어둠이 내려 앉기 시작한 집안에는 한동안 흐느끼는 소리가 가득 고였다. 스님은 마당에 선 채 두 눈을 지그시 감았다.
 온다간다 말 한 마디 없이 집을 떠났던 청년 이찬호가, 4년 만에 스님이 되어 돌아온 속가의 밤은 적막했다. 간혹 어둠을 뚫고 들려오는 먼 산의 새소리만이 이를 달래는 듯 했다.
 철없는 딸아이를 데리고, 홀로되신 시어머니를 모신 채, 살았는지 죽었는지 소식조차 없던 남편을 기다리며 살아온 아내에게 순호 스님은 차마 이혼수속을 밟기 위해 집에 왔노라고 얼른 말을 꺼낼

수가 없었다. 그러나 호적을 정리하지 않으면 출가한 비구승려라고 할 수 없는 것이 현실의 형편이었다.

깊은 밤, 귓전에 들려오는 것은 밤새워 울어대는 가냘픈 소쩍새 소리뿐이었다. 새소리는 점점 큰소리로 순호스님의 고막을 울려왔다. 이내 그 새소리는 선방(禪房)에 모인 대중(大衆)들의 손가락질로 다가왔다.

'어허, 아니 그럼 여태 호적정리도 안했단 말인가? 그렇다면 왜 놈 중이로구먼? 호적에 부인도 있고 딸도 있으니······응? 승려다운 승려노릇을 제대로 하려거든 호적을 깨끗이 정리하든가, 그게 싫거든 차라리 속가로 내려가서 노모님 봉양이나 잘하고 처자식 먹여살리든가 둘 중에 하나를 선택해야지, 이것도 저것도 아니고 이게 대체 무슨 청승이란 말인가! 그래 가지고서야 무슨 마음을 닦아, 마음은! 응? 으히히히히······'

순호스님은 아내와 마주앉아 긴 한숨만 내쉬고 있었다. 한숨마저 떨려왔다.

"······어디······ 편찮으세요?"

"아, 아니오. ······사, 사실은 나 임자한테 할 얘기가 있어서 왔소."

"······무슨······말씀이신지······하세요, 그럼······."

"난 기왕에 이렇게 머리깎고 출가한 몸, 속가에 살기는 이미 틀린 사람이오."
 "……."
 아내는 말이 없었다. 그저 고개를 푹 숙이고 한 땀 한 땀 바느질만 하고 있었다.
 "그, 그리구……. 기왕지사 출가했으면 승려다운 승려노릇을 제대로 해야하는데…… 그러자면 말이오, 임자……?"
 "……예, 말씀하세요."
 "말 꺼내기 염치가 없소만……내 마지막 부탁으로 알고 들어주겠소?"
 "……마지막……부탁이시라니요?"
 "호적을 정리해야 하니 이 서류에 임자의 도장을 좀 찍어주어야겠소."
 순호스님은 미리 준비해온 서류를 펼쳐보였다. 고개를 숙이고 바느질만 하던 아내는 비로소 고개를 들어 서류를 쳐다 보았다.
 "호적서류에 제 도장을 찍어달라구요?"
 "그렇소! 말하자면 이혼수속을 밟자는게요."
 떨리는 목소리의 스님의 말이 떨어지자 마자 아내는 흐느끼기 시작했다.
 "……정말 염치가 없소만, 찍어주지 못하겠다는 뜻이오?"
 한참동안 흐느끼던 아내는 간신히 울음을 삼키는 듯 했다.

"아, 아닙니다. 기왕지사 이렇게 된 일. 제가 울고불고 매달린다고 마음 돌리실 당신도 아니실테고……저야 뭐, 당신하자는대로 해드리겠습니다……흐흐흑……."

"미안하오, 임자. 정말 미안하오."

이렇게해서 아내와의 호적정리를 끝낸 순호스님은 그 길로 험난한 구도행각에 나서게 되었다. 물이 흐르는 곳을 따라가보면 길이 나왔고, 길을 따라 돌고 돌아가면 그곳에는 사람이 있었다. 물따라 길따라 걷고 걸어서 덕숭산(德崇山), 오대산, 설악산을 거쳐 그해 겨울에는 소련과 만주국경 좌제거우로, 당시의 선지식(善知識) 수월선사(水月禪師)를 찾아갔다.

수월선사는 누더기 옷을 걸치고 산속에 움막을 짓고 기거하고 있었다. 그런데 이상한 일은 수월선사의 움막 앞에는 늘 사슴과 노루가 모여드는 것이었다. 순호스님은 수월선사를 모시고 겨울을 함께 보내게 되었다. 수월스님이 먹이를 주면 사슴과 노루들이 모여들다가도, 순호스님이 먹이를 주면 쏜살같이 산속으로 달아나는 것이었다. 이것을 본 순호스님은 도의 깊고 얕음은 짐승도 알아본다는 사실을 마음 속 깊이 깨닫게 되었다. 그럴수록 순호스님의 고행길은 험난해져만 갔다.

5
어머니를 위해서라면 지옥엔들 못가랴

　만주 국경지대의 한 움막에서 수월(水月) 스님과 함께 고행정진을 시작한 지 벌써 몇 개월이 지났다. 움막을 찾아온 노루와 사슴들은 여전히 순호스님이 주는 먹이는 먹지 않았다. 그뿐만이 아니었다. 하루는 수월스님과 함께 마을로 탁발을 나갔는데, 누더기 차림에 거지형상을 하고 있는 수월스님에게는 개가 짖지 아니하고 순호스님에게만 달려드는 것이었다. 깨끗한 승복으로 말끔히 차려입은 자신에게만 사납게 짖어대는 개를 바라보면서, 순호스님의 스스로를 때리는 채찍질은 더욱 매서워져 갔다.
　더욱 열심히 정진(精進)할 것을 다짐하며 발길을 돌려, 설악산을 넘어 오대산 상원사에 이르게 되었다. 상원사에 머문 지 얼마나 되었을까. 순호스님 앞으로 한 장의 편지가 날아들었다. 경상도 진주불교신도회에서 보내온 초청장이었다. 겉봉을 뜯고 펼쳐보았다.

〈귀의삼보(歸依三寶)하옵고, 우리 진주시의 자랑이신 순호스님. 스님의 고향이신 우리 진주의 많은 불자(佛子)들은 부처님의 가르침을 전해 듣고자 목말라하고 있사옵니다. 부디 고향을 저버리지 마시옵고, 진주에 오셔서 부처님의 감로(甘露)법문을 설해 주시와 불자들을 제도하여 주시옵고 진주의 중생들을 널리널리 교화하여 주시옵소서.〉

순호스님은 몇 번을 망설이다가 결국 진주행 열차에 몸을 실었다. 옛고향 진주땅에 도착하고보니 이곳 저곳 담벼락에 법회를 알리는 벽보가 나붙어 있었다. 연화사(蓮華寺)에서 열린 특별초청법회는 말 그대로 대성황을 이루었다.
"스님, 정말 감사합니다. 법회는 대성황이었습니다."
신도(信徒)의 대표인듯한 한 남자는 연거푸 고개를 숙이며 고마움을 표시했다.
"그동안 법회준비하시느라고 고생들이 많으셨던 덕분입니다."
"아, 아닙니다. 스님. 구구절절 알아듣기 쉬운 스님의 설법에 모두들 큰 감동을 받았습니다. 다시한번, 왕림해 주신 데 대해 깊은 감사의 말씀을 올립니다. 스님."

"지나친 칭찬은 오히려 무례가 되는 법. 자, 그럼 나는 이만 가보겠습니다."

"아니, 스님. 가시다니요?"

"법회 끝났으면 가야지, 내가 더 이상 여기에 머물 필요가 어디 있겠습니까?"

"원, 참, 스님께서두……아, 고향에 어려운 걸음 하셨는데 한 며칠 푹 쉬셨다가 가셔야지…… 그냥 떠나시면 어찌하옵니까?"

그러나 순호스님은 신도들이 만류하는 것도 뿌리치고 한시 바삐 진주를 벗어나고 싶었다. 행여라도 늙으신 어머니를 만나게될까 두려웠고, 옛 아내와 딸이 찾아오게될까 걱정이었다. 그래서 속가(俗家)에도 들르지 않은 채 진주땅을 멀리 벗어나고자 했던 것이다. 한번 먹은 스님의 마음을 신도들이 막기에는 역부족이었다.

연화사 주지스님의 만류마저 뿌리치고 일주문(一柱門) 문턱을 막 넘어설 때였다. 펄럭거리는 스님의 장삼자락을 붙잡는 노파가 있었다.

"이것봐라 애비야! 나다, 나야!"

"아니, 어머니?"

걱정하던대로 되고야 말았다. 순호스님은 순간적으로 눈을 감았다.

"그래, 에미다. 찬호야!"

"어쩐일로 여기까지 오셨습니까, 어머니?"
"내 아들이 법문하러 온다기에 새벽부터 와서 기다렸지……."
"……저를 만나시려구요?"
"그래, 널 만나려구 여기 숨어서 새벽부터 기다렸다!"
"아니 그럼 어머니. 집에 혹시 무슨이라도 있었습니까요?"
"이 에미가 죽기전에 너한테 해야할 말이 있으니 날 좀 따라가자꾸나."
"……어디로 가신다는 말씀입니까, 어머니?"
"어디긴 어디냐? 집으로 가자!"
"집에는……갈 수 없습니다. 어머니."
"집엔 갈 수 없다구?"
"예, 어머니. 어머니도 잘 아시지 않습니까? 저는 이미 삭발출가한 몸. 인자에미와도 이미 호적정리가 끝났는데 어떻게 집에 갈 수가 있겠습니까, 어머니."
"원 세상에……이게 대체 무슨 소리란 말이냐? 아니, 그래 찬호네가 제아무리 머리를 깎고 스님이 되었다고 그래, 이 늙은 에미가 죽기전에 너한테 유언을 하겠다는데도 못들어 주겠단 말이더냐?"
"그, 그게 아니오라, 어머니……."
말끝을 흐리는 아들의 모습을 보더니 어머니는 더 힘이 나는지 잡고있던 옷소매를 더욱 세차게 끌어당겼다.

 "여러소리 할 것 없다! 이 늙은 에미 유언을 들어둬야 할테니까 어서 나를 따라오너라."

 훗날의 청담, 순호스님은 하는 수 없이 노모의 뒤를 따라 속가에 또한번 발을 들여놓게 되었다. 이제는 이미 남남이 되어버린 옛아내가 차려준 밥상을 받고, 스님의 마음은 한없이 착잡했다.

 밤이 깊어지자, 늙으신 어머니는 아들을 앉혀놓고 말을 꺼내기 시작했다.

 "애…… 찬호야."

 "……예, 어머니."

 어머니는 침을 한 번 꿀꺽 삼키더니 입을 열었다.

 "너두 잘 아다시피, 우리 집안에 아들이라고는 너 하나밖에 없다. 네 밑으로는 줄줄이 딸만 셋이구……."

 순호스님은 아무 말없이 가만히 듣고만 있었다.

 "그래서, 너라두 손(孫)이 번성하기를 바랬는데……그래서, 장가를 일찍 보냈더니 너두 딸아이 하나만 낳아둔 채 머리깎고 스님이 되어버렸다."

 "……죄송합니다, 어머니."

 "죄송하다는 말로 끝날 일이 아니다. 이 에미는 이씨 가문에 시집이라고 와서 지지리도 고생만 해왔다마는, 이제는 죽어서 느이 아버님 뵐 염치도 없게됐고, 조상님들한테도 면목이 없게 되었구나."
"원, 어머니두…… 왜 그런 말씀을 하십니까?"
"너두 배울만큼 배운 사람이니 생각을 좀 해봐라. 아, 이씨 가문이 문을 닫게 생겼는데 이 에미가 무슨 낯짝으로 조상님들 앞에 나갈 수 있겠느냐?"
"그, 그건 그렇지 않습니다, 어머니, 비록 이씨 가문은……."
어머니는 아들의 더듬거리는 말을 막고나섰다.
"여러소리 할 것 없다. 이 늙은이의 마지막 유언을 네가 들어주어야겠다."
순호스님은 어머님의 유언이란 게 무엇인지 몹시 궁금해졌다.
"……말씀……해보세요, 어머니."
"이 늙은 에미의 마지막 유언으로 알고 이 한 가지 부탁만은 꼭 들어줘야 한다."
"……무슨, 말씀이신데요?"
아들의 궁금증은 더해갔다. 어머니는 나직한 목소리로 일렀다.
"오늘밤, 이씨가문의 대(代)를 이을 씨 하나만 심어놓고 가거라……."
"예에?"
늙으신 어머니의 마지막 부탁. 그것은 이씨가문의 대를 이어갈 아들을 낳아달라는 것이었다. 이미 삭발출가한 스님에게는 그야말

로 마른 하늘에 벼락치는 소리였다. 어머님의 유언이라는 게 바로 이것이었구나! 한동안 스님의 막막한 한숨소리만 방안에 가득했다. 멀리서 어둠을 뚫고 들려오는 소쩍새 소리마저 처량하게 들려왔다.

"이 늙은 에미 속 터지겠다. 어서 대답을 해라. 대답을……."

"어머니……."

"그래, 대답을 해라. 어서……그래, 들어주겠느냐? 안들어주겠느냐?"

"……그건……아니되옵니다, 어머니."

"대체 어찌해서 안된다는 게냐?"

어머니는 금방이라도 손으로 방바닥을 치며 통곡할 듯했다.

"저는 이미 부처님 앞에 맹세를 했습니다. 그 맹세를 깨뜨리는 일은 차마 생각할 수조차 없습니다. 어머니."

"세상에 이런 못난 자식같으니라구! 아니 그럼……부처님한테 한 맹세만 중하고 이 늙은 에미 소원은 그렇게 가볍게 생각해도 괜찮더란 말이냐 그래?"

"죄송하옵니다, 어머니. 하오나……."

"그래, 잘하는 짓이다. 이 늙은 에미 가슴은 천 갈래 만 갈래로 찢어놓고 그래……젊은 마누라 가슴에 생못을 박아놓고, 앞길이 구만리 같은 딸년은 나 모른다 외면하고, 대대로 이어오던 이씨가문 대까지 끊어놓고 그래…… 너 혼자만 스님이 되어서 편하고 좋으면 그만이라더냐? 응?"
 어머니는 숨도 제대로 가누지 못하는 것 같았다. 어린시절 출가하기 전까지만 해도 언제나 인자함을 잃지 않으시던 어머니였다. 백발이 성성한 어머니의 머리결이 금방이라도 꼿꼿이 솟아오를 것만 같았다. 스님이 되어서 좋고 편하더냐는 어머니의 강변(強辯)을 탓하고 싶은 마음은 조금도 일어나지 않았다.
 "그, 그건 아니옵니다. 어머니."
 "이 늙은 에미야, 무식해서 잘 모른다마는 너 집나간 후로 나도 절에 부지런히 다니면서 불공 많이 드렸다. 그저 어쨌든지 이씨가 문 대가 끊기지 않게 해달라고 말이다."
 "한 가정의 대를 잇는 일은 그렇게 중한 일이 아니옵니다. 어머니."
 "공부를 많이 한 너는 대를 잇는 일을 어떻게 생각할는지 몰라도 이 늙은 에미한테는 대를 잇는 일이 이 세상에서 제일 소중한 일이여!"
 버럭 소리를 지르며 끝마디를 마치고 나서, 마침내 어머니는 통곡하기 시작했다. 방바닥을 치며 엎드렸다가 다시 일어나 천장을 보다가 하면서 울부짖는 소리에, 마치 온 방안의 구들장이 들썩거리는 것 같았다.

"아이구, 내 팔자야! 아이구! 아이구! 내 팔자야…… 세상에, 아이구!"

"왜 이러시옵니까 어머니, 제발 고정하십시오, 어머니, 예?"

"놔라, 이 무정한 자식아! 늙은 에미 마지막 소원도 마다하는 자식놈이 스님되면 무엇할 것이며, 부처님이 되면 무엇에다 쓸것이냐, 그래……아이구 내 팔자야……아이구 내 팔자야……."

순호스님은 조심스럽게 방문을 열고 밖으로 나왔다. 검푸른 밤하늘에는 별들이 가득했건만, 가슴은 금방이라도 터질 듯 답답했다. 순호스님은 밤하늘을 향해 혼잣소리로 중얼거렸다.

"부처님! 대체 이 일을 어찌해야 옳단 말씀이시옵니까? 이 가련한 순호가 가야할 길은 어디에 있사옵니까? 부처님……."

하늘에서는 별똥별 하나가 어둠을 가로지르며 떨어지고 있었다. 반짝이는 수많은 별들이 자신을 향해 제각기 한마디씩 하는 것 같았다. 별들의 목소리는 점점 커지고 모이더니, 마당에 서있는 순호스님을 향해 껄껄 웃고 있었다. 별들은 어느새 처마밑까지 내려와서 고막을 때리고 있는 듯했다.

'하하하하! 그대는 정말 어리석구나. 그대는 정말 소심한 졸장부로구나! 옛날에 목련존자(目連尊子)는 지옥에 떨어진 어머니를 구하기 위해 스스로 지옥에 내려가 그 무서운 지옥고를 견디면서 어머니를 구해냈거늘, 그대는 살아있는 어머니의 소원 한 가지도 들어주지 못한단 말이더냐? 참으로 우습구나! 목련존자는 스스로 어머니를 위해 지옥에 갔거늘, 그대는 그래, 어머니를 위해 지옥에 떨어질 생각조차 못한단 말이더냐? 응? 어리석구나, 하하하하…….'

순호스님은 한참동안이나 멍하니 서 있었다. 울음을 삼키며 하늘의 별들을 쳐다보았다. 여전히 반짝이고 있는 별들은 스님으로부터 무언가를 기다리고 있는 것 같았다.

〈알겠습니다. 알겠습니다! 한 분밖에 안계신 어머니를 위해서라면 어찌 지옥인들 마다할 수 있겠습니까. 가겠습니다, 가겠습니다! 어머니를 위해서라면 한빙(寒氷)지옥도 화탕(火湯)지옥도 기꺼이 가겠습니다.〉

불켜진 어머니의 방문을 쳐다보았다. 그리고는 아내의 방문으로 눈길을 돌렸다. 불은 이미 꺼져있었다. 결국 스님은 늙으신 어머니의 마지막 소원을 외면하지 못한 채 오래전에 남남이 되어버린 아내의 방문을 열었다.

불은 꺼져 있었지만, 아내의 두 눈은 달그림자를 바라보고 있었다.

횃대에서 닭우는 소리가 들려왔다. 새벽을 알리는 닭의 울음소리에, 순호스님은 소스라치며 놀라 자리에서 일어났다. 그리고는 그

길로, 버선도 신지않은 채 맨발로 속가를 떠나고 말았다.

이때부터 스님은, 파계(破戒)에 대한 가책으로 천근처럼 무거운 마음을 안은 채 뼈를 깎는듯한 참회행각에 나서게 되었다. 그일 이후 십 년 동안은 엄동설한에도 맨발로 돌아다니며 고행을 견뎌냈던 것이다.

"지옥에 갈 각오로 파계를 했던 몸, 이만한 고통이야 달게 받아야지……."

누군가가 버선을 신으라고 권하기라도 하면 늘상 하는 대답이었다. 그러나 고향으로부터 전해온 소식은, 지옥에 갈 각오로 파계를 했지만, 두번째 아이도 아들아닌 딸이라는 것이었다. 울부짖던 어머니의 애처로운 모습이 눈에 선했다.

〈참회하옵니다, 참회하옵니다. 지옥에 갈 각오로 어머님의 소원을 풀어드리려 했사오나, 결국 이 어리석은 중생, 어머님의 소원도 풀어드리지 못한 채 출가사문(出家沙門)이 목숨처럼 지켜야 할 계율만 어겼으니, 참회하옵니다, 참회하옵니다. 부처님께 참회하옵니다.〉

순호스님의 오랜 고행에는 언제나 참회법문(懺悔法文)이 함께 했다.

6
끝없는 맨발의 참회고행

 멀고도 험난한 참회고행(懺悔苦行)은 오대산 상원사에서 설악산 봉정암으로, 설악산 봉정암에서 다시 묘향산 설령대로 쉬임없이 이어졌다. 그러나 이때도 스님은 여전히 홑옷에 맨발차림이었다. 제아무리 춥고 궂은 날씨에도 변함이 없었다.
 세찬 칼바람이 몰아치는 한겨울이었다. 산골짜기를 타고 올라오는 겨울바람은 그야말로 사람의 살을 에는 듯했다.
 "저, 순호스님……."
 "왜 그러시는가?"
 "제발 올 겨울에는 두꺼운 겨울 옷을 입으시구요…… 여기 버선도 있으니 제발 좀 신으십시오."
 "아닐세, 나는 이렇게 입고 맨발로 다니는 게 오히려 마음이 편안하다네."

"아무리 그래도 그렇지요, 스님. 간밤에 떠다놓은 냉수가 꽁꽁 얼었습니다."

걱정스러워 하는 한 수좌(首座)의 마음을 아는 듯 모르는 듯 스님은 오히려 태연했다.

"아, 그야 엄동설한이니까 꽁꽁 어는 게 당연한 일 아니겠는가?"

"원 참, 스님두. 이렇게 방안에 떠다놓은 물이 꽁꽁 얼어붙는 지경인데 춥지도 않으십니까?"

"안 춥기는 왜 안 춥겠는가? 추우니까 수행이요 공부가 되는게지……."

"추우니까 수행이요 공부가 된다구요, 스님?"

"춥지않고 뜨끈뜨끈하면 꾸벅꾸벅 졸음이나 오지, 공부가 된다던가?"

수좌는 더 이상 무어라 할말이 없었다. 그뿐만이 아니었다. 가부좌를 틀고 앉아 참선 삼매에 들었다가도 졸음이라도 오는 기미가 있으면, 서슴없이 일어나 도끼를 메고 산 밑으로 내려가는 것이었다.

"아이구, 순호스님. 도, 도끼를 들고 어디 가십니까요?"

"멀리 가지는 않을 테니 너무 염려마시게."

"땔나무는 제가 넉넉히 해놓았으니 나무하러 가시지는 마십시

오."

"땔나무? 허어, 나무하러 가는 게 아니니 너무 염려마시게."

젊은 수좌는 이상하다 싶어 살금살금 뒤를 밟아보았다. 스님은 꽁꽁 얼어붙은 개울에 이르러 두꺼운 얼음을 도끼로 깨더니, 그 찬 얼음물 속에 몸을 담그는 것이었다. 그 순간, 몸을 숨겨 몰래 뒤를 밟았다는 사실도 잊은 채, 젊은 수좌는 소리를 지르고 말았다.

"아이구, 스님…스님, 얼음물 속에는 왜 들어가십니까? 예?"

"왜, 자네도 한번 들어와 보겠는가?"

"예? 아니 절더러 그 얼음물 속에 들어가라구요? 싫습니다요, 아이구… 얼어 죽게요."

"허허 이 사람, 얼어죽긴 왜 얼어 죽는다고 그래?"

춥다는 기색은 조금도 보이지않고 오히려 얼음물을 온몸에 끼얹는 것이었다.

"어, 시원하다. 어이구 시원하다."

"아이구 스님, 제발 그만 좀 나오십시요. 저는 그냥 보고만 있어도 온몸에 소름이 오싹오싹 끼칩니다요. 스님."

훗날 불교계에서는 정진제일 이효봉(李曉峰), 설법제일 하동산(河東山), 지혜제일 정전강(鄭田岡), 인욕제일(忍辱第一) 이청담(李靑潭)이라는 말이 널리 퍼지기도 했다. 인욕제일, 그러니까 괴로운 것, 화나는 것, 고통스러운 것을 잘 참고 견디는 데는 청담,

순호스님이 제일이라는 말이었다. 이렇게 인욕제일 이청담이 된 것은 장장 십여년에 걸친 참회고행 덕분이었다.

〈是甚麽(시심마) — 이 무엇인고?〉를 화두(話頭) 삼아 용맹정진을 하고있을 무렵, 스님의 고향 진주 속가에서는 시어머니와 며느리의 사이가 원만하지 못했다. 옛아내 차(車)씨 부인은 남편이 호적정리까지 해서 산으로 올라간 이후에도 변함없이 홀로된 시어머니를 극진히 봉양하며 두 딸을 키우고 있었다. 그렇지만 시어머니의 입장에서는, 그토록 정성을 다해 아들을 낳아달라고 빌었건만 며느리가 또 딸을 낳았으니 여간 섭섭한 게 아니었다.

시어머니와 며느리 사이가 좋지 못하다는 소문을 듣고나서 순호스님의 마음은 착잡해졌다. 바람결에 들려오는 소문, 늙으신 어머니의 혼잣소리가 스님의 귓전에까지 들리는 것 같았다.

'어이구, 지지리도 복없는 것들……. 이 늙은 시에미가 그렇게 애걸복걸 통사정을 해서 이씨가문 대를 이을 아들 손자 하나 낳아달라고 빌고 빌었더니…세상에 그래, 덜컥 또 딸을 낳았으니 이 늙은 것은 장차 무슨 면목으로 조상들을 대할 것이냐 그래, 응? 에이그 에이그…지지리도 복없는 것들, 에이그 에이그…여자로 태어나서 아들 하나 못 낳는 것, 에이그……지지리도 복없는 것들…….'

백발이 성성한 어머니는 며느리를 향해 자꾸 푸념을 하는 것이었다. 그러한 시어머니 앞에서 고개를 푹 숙이고 울음만을 삼키고 있

을 아내의 모습이 떠올랐다. 어머니의 손을 잡고 서있는 두 딸의 초롱초롱한 눈망울도 스님의 마음을 아프게 만들었다.

첫째딸은 그 이름이 인자(仁慈)였고, 둘째딸은 인순(仁順)이였다. 바람결에 들려오는 속가 소식을 먼발치에서 듣고 있는 스님으로서는, 그럴때마다 괴로운 마음을 가누기 위해 〈시심마(是甚麽) —이 무엇인고?〉 화두(話頭)를 더 깊이 파고 들어갔다.

〈제가 지은 업장(業障)이 이렇게도 깊고 두꺼운 줄을 짐작도 못했습니다. 전생에 지은 업, 현생에 지은 업, 참회하옵고 또 참회하옵니다. 이 깊고 두꺼운 업장 소멸하여 주옵소서. 나무석가모니불, 나무석가모니불……나무시아본사석가모니불……〉

순호스님의 참회고행은 속가의 소식까지 겹쳐 더욱더 깊은 각오를 요구하는 것이었다. 세속나이 서른세 살 되던 해, 스님은 수행처이던 묘향산 설령대에서 삼주야(三晝夜)의 용맹정진(勇猛精進) 끝에 문득 깨달아 마침내 한 소식 전하게 되었다.

옛부터 부처와 조사(祖師)는 어리석고 미련해서
어찌 이쪽 일을 알 수 있으랴.
누가 나에게 한 소식 한 바를 묻는다면,
길 옆에 서있는 고탑(古塔)이 서쪽으로 기울었다 하리라…

순호스님은 이 깨달음의 경지에 만족하지 않고 다시 수행처를 충청도 예산 덕숭산(德崇山) 정혜사(定慧寺)로 옮겼다. 1934년의 일이었다. 마침내 만공선사(滿空禪師)를 찾아갔던 것이다.

만공스님 문하에서 참선수행하기를 세 철, 수선안거(修禪安居)가 끝난 여름 해제(解制)날이었다.

정혜사 조실(祖室) 만공스님은 여러 수좌들을 향해 한 말씀 분부를 내렸다.

"오늘은 해제날, 여러 수좌들은 그동안 얻은 바를 내 앞에 내놓아야 할 것이니라."

불가(佛家)에서의 깨달음이란 말이나 글로써 표현할 수는 없는 것이지만, 그러나 또 달리 표현할 방법이 없는지라 스님들은 옛부터 게송(偈頌)을 지어 깨달음의 경지를 전해오고 있었다. 이때 순호스님도 일찍이 맛본 깨달음의 경지를 게송으로 지어 만공스님 앞에 올렸다.

"허허! 이 게송이 분명 순호수좌의 게송이던가?"

"예, 스님, 그러하옵니다."

만공스님은 종이를 펼쳐 순호스님의 게송을 읽어 나갔다.

"옛부터 부처와 조사는 어리석고 미련해서

어찌 이쪽 일을 알 수 있으랴.

누가 나에게 한 소식 한 바를 묻는다면,

길 옆에 서있는 고탑이 서쪽으로 기울었다 하리라…?"

대중들이 모두 들을 수 있도록 소리내어 읽고나서 만공스님은 종이를 접으며 순호스님의 얼굴을 쳐다보고나서 말했다.

"대체 순호수좌의 살림이 언제 이렇게 넉넉해 졌는고?"

"아니옵니다, 스님. 과찬의 말씀이시옵니다."

겸손해하는 순호스님을 향해 만공선사는 호탕하게 한바탕 웃어 젖혔다.

"하하하… 내 그대 순호수좌에게 올연선자(兀然禪子)라는 법호(法號)를 내리고 이르노라.

내가 그대에게 전하는 것도 30방(棒)이요, 그대가 나에게 받는 것도 30방이니, 바로 이 30방을 올연선자 그대에게 주노라! 하하하… 하하하하…."

순호스님이 깨달았다는 것을 천하의 선지식(善知識) 만공스님이 이 세상에 당당하게 인가(認可)한다는 말이었다. 만공스님은 매우 흡족하게 다시 한 바탕 웃고나서,

"이것 보게. 순호수좌!"

하면서 가까이 다가 앉도록 일렀다.

"오늘부터 그대는 올연(兀然)이라 하게."

"여기 앉아있는 이순호는 설흔 번 몽둥이를 맞은 적도 없사옵고, 맞지 아니한 적도 없사오니, 올연은 불탄 막대기인가 하오니다, 스

님—"
　순호스님은 만공스님 앞을 세 번 돌고나서 합장배례한 뒤, 이와 같이 아뢰었다. 이를 듣고 있던 만공스님은 다시 한번 호탕하게 웃고나서 큰 소리로 좌우를 둘러보며 외쳤다.
　"무엇이라구? 허허, 이거 삼천대천세계(三千大千世界)가 엎어졌구만 그래, 응? 정 그렇게 올연이 싫거든 거꾸로 걸어 수미산(須彌山) 꼭대기에 서서 올연무사(兀然無事)하라!"
　천하의 선지식 만공스님이 자신을 인가했음에도 불구하고 훗날의 청담, 순호스님은 스스로 몸을 낮추어 고행을 계속해 나갔다.

7
어머니도 삭발출가 비구니로

맨발에 짚신을 신은 채 수행처를 찾아다니는 스님의 발걸음은 언제나 바빴다. 전국 어느 곳이나 절이 있는 산이면 순호스님의 발길이 닿지않는 데가 드물었다. 이 산 저 산 떠돌아 다니다가 이번에는 경상도 울진에 있는 불영사로 수행처를 옮기게 되었다.

세속나이 서른 일곱이 되던 해, 불영사에서 참선수행(参禪修行)을 계속하던 스님은 또다시 새로운 수행처를 찾아나섰다. 지리산으로 가던 길에 불쑥 진주 속가에 들르고 싶은 마음이 생겼다.

사립문을 열자, 마당에서는 씨암탉들이 모이를 먹다가 꼬꼬댁거리며 사방으로 흩어지고 있었다.

"아니 거기 웬 스님이시우?"

방안에서 가늘게 들려오는 어머니의 목소리였다. 이내 방문이 열렸다.

"어머니, 아들 순호입니다, 어머니—."

"누, 누구라구? 순호스님?"

어머니는 맨발로 마당으로 뛰쳐나왔다.

"아이구 아이구! 이게 대체 누구란 말이냐 그래, 응? 내 아들 찬호 아니냐 그래, 아이구 내 자석아—."

"그렇습니다, 어머니. 옛날 어머니 아들 찬호입니다."

어머니는 장삼자락에 매달리다시피 하면서 아들의 얼굴을 빤히 올려다 보았다. 두 뺨에 흐르는 눈물은 어찌할 수가 없었다.

"세상에, 세상에 이런 불효막심한 것. 이 늙은 에미 이렇게 놔두고 넌 그래 스님이 되어서 마음이 편하냐 그래? 이 무심한 자석아—."

"자주 찾아뵙지 못해서 죄송합니다. 어머니. 그동안 편안히 잘 계셨지요?"

"이 늙은 에미가 어떻게 평안하기를 바라겠느냐. 이씨 가문 망해먹은 큰 죄를 지어놓고 내가 감히 어찌 편하기를 바라겠어, 응?"

아들은 어머니의 거칠은 두 손을 꼬옥 잡았다.

"어머니, 이제는 제발 그런 생각 하지 마십시오. 예?"

"자나깨나 내가 어찌 그 생각을 잊겠느냐? 기왕지사 이렇게 대가 끊길줄 알았으면 중된 아들 죄나 안 짓게 할 것을…죄는 죄대로

짓게하고 대는 대대로 끊기게 생겼으니, 에이그 지지리도 복없는 년이지, 복없는 년이야……."

"어머니, 제발 이러시지 마십시오, 제발, 어머니……."

불쑥 진주 속가에 들렀을 때, 큰딸 인자는 열네 살, 작은딸 인순이는 여섯 살이 되어 있었다. 그러나 단 한 번도 어리광을 부리며 아버지를 불러보지 못한 가엾은 아이들이었다. 늙으신 어머니는 세상만사 이제 모두 잊고 산다고 하면서도 서러움의 눈물은 그칠줄 몰랐다. 평소에 늘 말수가 적고 고개조차 제대로 들지 못하던 옛아내 역시 연신 눈물을 찍어내고 있었다.

"어머니, 이제는 제발 다 잊고 사셔야 합니다."

"잊지않고 살면 이 늙은 에미가 달리 무슨 방도가 있어야 말이지……."

"그리구 어머니. 이제는 제발 누구도 원망하지 마십시오. 저나 어머님이나 인자에미나 저 아이들이나, 모두 다 전생에 지은 업장 때문에 이렇게 되었다, 그렇게 생각하셔야 합니다, 어머니."

"글쎄다……전생에 내가 무슨 죄를 지었길래 남의집 가문을 망쳐먹은 큰 죄를 또 짓게 되었는지, 원…생각할수록 기가 막히고 앞이 캄캄하구나."

"어머니께서는 죄를 지으신 게 아무것도 없습니다."

"그런 소리 말어! 이 죄, 저 죄 크다고 하지만 남의집 가문 문닫게 한 죄보다 더 큰 죄가 세상에 어디 있다더냐? 아이구, 내가 박복한 년이지, 내가 박복한 탓이야."

어머니는 또다시 통곡하기 시작했다. 가슴을 쥐어박으며 큰소리로 우는 것이었다.

"그런게 아닙니다, 어머니. 비록 제가 이씨가문의 대를 못있는 불효를 저질렀습니다만, 이씨가문 보다도 더 큰 부처님 가문을 이어가고 있지 않습니까, 어머니?"

늙으신 어머니의 속마음을 어떤 말로도 편안하게 해줄 수 없다는 것을 스님은 너무나도 잘 알고 있었다. 또한 어머니는 아직도 아들을 낳아주지 못한 남편없는 며느리를 원망하며 살고 있다는 사실도 알고 있었다. 그러나 순호스님은 떠나야 했다.

정든 고향, 늙으신 어머니, 생각하면 할수록 가엾고 불쌍한 옛아내와 두 딸…… 그러나 이미 속세와의 인연을 끊은 출가사문(出家沙門)의 육신(肉身). 구도의 길을 향해 스님은 또다시 휘적휘적 산길을 걸어서 어디론가 가야만 했다.

불쑥 생각이 나서 지리산으로 가는 길에 잠시 들른 속가였지만, 그로부터 어느덧 3년이란 세월이 흘러갔다. 순호스님은 경상도 김천 직지사의 천불선원에서 마음공부를 계속하고 있었다. 참선을 통한 수행의 연속이었다. 그러던 어느 봄날이었다. 진주 속가의 먼 친척되는 사람이 직지사 천불선원에까지 찾아왔다. 그 남자는 순호

스님의 아저씨뻘 되는 사람이었다.
"여기서 내가 이런 말을 해도 괜찮을지 모르겠네만……."
"무슨…… 말씀이신지요?"
"자네 두 딸 인자 인순이, 그리고 애들 에미가 하두 보기에 딱해서 하는 말이네만……."
남자는 계속 말꼬리를 흐렸다.
"왜, 집안에 무슨 일이라도 있었단 말씀이십니까?"
"아니 뭐 무슨 일이 일어나서 하는 말이 아니라, 자네 어머님 말씀이네……."
무언가 심상치 않은 예감이 들은 순호스님은 다그쳐 물었다.
"어머니께서 무얼 어쩌셨는데요?"
"꼭 뭘 어쨌다기 보다도 나이는 드시지, 믿고 의지할 사람은 없지…… 그러니 자연 며느리를 원망하지 않으시겠는가……."
"……아이들 어미를 원망하신다구요?"
"말씀 한 마디를 하시더라두 며느리 속을 뒤집어놓는 말씀만 하시구, 속마음이야 안 그러시겠지만 툭툭 던지는 말투가 그러시니, 애들 어미는 허구헌날 눈물로 세월을 보내고 있다네."
순호스님은 길게 한숨을 내쉬었다.
"……알겠습니다, 제가 어머님을 모셔오도록 하지요."
"아니 자네가…… 스님 신분인데 어떻게 어머니를 모셔오겠단 말인가?"
 "하지만 저의 어머님께서 더 이상 나쁜 업을 지으시게 할 수는 없는 일이니, 어떻게든 제가 모셔오도록 하겠습니다."
 스님은 마음속 깊이 생각한 바가 있어 진주 속가로 내려갔다. 삼 년 만에 마주한 어머니는 그새 십 년은 더 늙어 보였다. 얼굴에는 푸른 반점이 하나 둘 돋아나고, 노쇠해가는 기색이 역력했다.
 "어머니……."
 "왜?"
 "남을 원망하는 것은 나쁜 업을 짓는 것입니다, 어머니."
 "남을 원망하면 나쁜 업을 짓는다?"
 "예, 어머니. ……그러니 이제 제가 모시고 갈 테니 누구에게 원망 같은건 하지 마시고, 부처님께 불공이나 드리면서 편히 지내십시오, 어머니."
 "그, 그럼 나를 절로 데려가겠다는 게야?"
 "예, 어머니. 제가 머리도 깎아드리고, 스님이 되시도록 해드릴 테니 좋은 마음 잡수시고 좋은 생각만 하도록 하십시오, 어머니."
 두 손을 꼭 잡고 말하는 아들의 얼굴을 쳐다보면서 어머니는 힘없이 고개를 끄덕였다.
 "……그래……그래, 그동안 내가 인자에미한테 못할 짓을 많이 했구나…… 내가 박복한 년이라서……."

　물기에 젖은 어머니의 눈을 바라보면서 아들은 어머니를 몇 번이고 불렀다.
　"어머니… 어머니… 어머니……."
　"오냐, 오냐."
　이제는 어머니의 눈물도 많이 마른 것 같았다. 예전 같지가 않았다.
　순호스님은 늙으신 홀어머니를 김천 직지사로 모시고와서 비구니 성문스님으로 하여금 사제로 삼아 삭발출가하도록 했으니, 이때 어머니가 받은 법명은 성인(性仁)이었다. 노모가 삭발출가하여 성인 사미니(沙彌尼)가 되던 날, 무심한 뻐꾸기는 구슬프게 울어댔다.
　출가한 노모는 새로 입은 승복을 내려다보며 쓸쓸하게 웃었다.
　"……원 세상에, 나 같은 늙은 것이 이렇게 머리깎고 승복입고 스님행세를 하다니. 이게 정녕 꿈인지 생시인지 분간을 못하겠구먼…… 그렇지 않으냐? 인자애비야."
　"어머니, 이건 꿈이 아니십니다. 그리고 이제부터는 저를 인자애비라고 부르셔도 안 되고, 찬호라고 부르셔도 아니 됩니다."
　"아니 그럼 뭐라고 부르란 말여, 그래?"
　"이제 어엿한 사미니가 되셨으니 불가의 법도에 따르셔야 합니다."

"불가의 법도에 따라야 한다구?"
"예……저도 이제 어머님이라고 부를 수 없게 되었사오니……"
"아니 그럼, 이 에미를 뭐라고 부를 것이란 말여 그래?"
"법명을 새로 받으셨으니, 이젠 성인스님이십니다."
"내가……성인스님이라구?"
"예, 스님."
자신을 스님이라고 부르는 아들을 바라보면서 어머니는 쓸쓸히 웃었다.
"……그래, 내가 성인스님이라…… 그리구 날더러 인제는 인자 애비야, 찬호야, 이렇게 부르지 말고 순호스님, 순호스님, 하란 말이지?"
"그렇습니다, 성인스님……."
어머니는 한참동안 잠자코 있었다.
"……그래……그래, 아들은 순호스님, 에미는 성인스님……허지만 나 같은 늙은 것이 중노릇 제대로 해낼 수 있을지 그것이 걱정이구먼……."
"……다른 것은 그만두시고 이제부터 염불공덕(念佛功德)이라도 정성으로 쌓으시면 그동안 지으신 업장, 깨끗이 소멸되어 극락왕생(極樂往生)하게 될 것이옵니다."
"……그래……그래, 이 늙은 것, 염불이라도 부지런히 올려서

그동안 지은 업장 깨끗이 씻고 가야지. 나무아미타불…… 관세음보살…….”

순호스님의 속가 어머니 성인스님은 사형(師兄)인 성문스님을 따라 대구 팔공산 동화사 부도암으로 옮겨 편안한 노후를 보내게 되었다. 속가의 어머니였던 성인스님이 직지사를 떠나자, 순호스님도 걸망을 챙겨메고 천불선원을 나왔다. 이제는 속가와 얽힌 업장 하나를 정리한 셈이었다.

"아니, 스님. 어쩌자고 걸망을 메고 나오십니까?"

"으음, 그동안 이 직지사 천불선원에서 잘 지냈으니 이번에는 저기 저 금강산 마하연으로 나가볼까 하네."

"금강산으로 떠나버리시면 저희들 젊은 수좌들은 어쩌란 말씀이시옵니까, 스님?"

"그건 또 무슨 말씀이던가? 내가 떠나면 안될 일이라도 있었더란 말인가?"

걸망을 메고 선방(禪房) 마루에 앉은 채, 순호스님과 한 젊은스님과의 법담은 오래도록 그칠줄 몰랐다.

"사실인즉, 저희 젊은 수좌들은 스님께서 이곳에 더 오래 머무시며, 저희들 공부를 이끌어주시기를 기대하고 있었사옵니다, 스님."

"허허, 그건 그대들이 생각을 잘못한 것. 나는 지금 누구를 가르치고 지도하고 할 계제가 아니네."

"아, 아니옵니다. 스님. 저희들이 알기로 스님께선 이미 한소식 전하셨고, 덕숭산(德崇山) 큰 스님께서도 쾌히 인가를 내리셨다고 들었습니다."

몇년 전, 덕숭산 정혜사(定慧寺)에서의 여름 해제(解制)날, 만공스님 앞에서 행한 법문(法文)을 두고 하는 말이었다. 이렇게 말하는 젊은 수좌를 향해 순호스님은 다소 격앙된 어조로 일렀다.

"쓸데없는 풍문에 귀 기울이지 말게! 깨닫고 깨닫지 못한 것은 스스로 아는 것, 누가 인가하고 아니하고가 문제가 아니라네."

"하오면 스님, 기어이 이 천불선원을 떠나시렵니까?"

"이미 출가한 사문(沙門), 머물고 떠남에 무슨 차이가 있을 것인가?"

"하오면 스님, 어리석은 저희들을 위해 한 말씀 남겨주시고 떠나십시오."

"허면, 그대는 대체 무엇을 찾고, 무엇을 구하려고 삭발출가하여 염의(染衣)를 입고있는고?"

"예 스님, 도를 닦고 깨달음을 얻어 부처가 되기위해 출가했사옵니다."

"허면, 대체 도는 어디에 있으며 부처는 또한 어디에 있다는 말이던고?"

"말씀드리기 부끄럽사오나, 저는 아직 그것을 모르옵니다, 스

님."

"일찍이 지눌(知訥), 보조국사(普照國師)께서 친히 이르셨네. 도라고 하는 것도, 깨달음이라 하는 것도, 부처라고 부르는 것도 모두 다 이 마음에 있는 것. 그런데 그대들은 어찌 그 마음을 먼 데서 찾으려 하고, 밖에서 찾으려 하는가?"

"……마음이 곧 도요, 깨달음이요, 부처이니 밖에서 찾지 말라구요? 스님?"

"부처를 멀리에서 찾고 밖에서 구하려 하면 이는 마치 등에 업은 아이를 찾아 헤매는 어리석은 아녀자와 같으니, 가부좌만 틀고 앉아서 부처를 얻고자 하면, 이는 마치 모래를 삶아서 밥을 지으려 하는 것과 같을 것이야……."

젊은 수좌는 묵묵히 듣고만 있었다.

"……모래를 삶아서 밥을 지으려는 것과 같다구요?"

젊은 수좌가 고개를 들었을 때는, 순호스님이 자리에서 일어난 후였다.

"아니, 스님. 스님―."

순호스님은 벌써 저만치 걸어가고 있었다. 젊은 수좌는 몇 번이고 스님을 불렀지만, 순호스님은 걸망 하나를 짊어진 채 뒤도 돌아보지 않고 유유히 언덕을 넘어 사라져 갔다.

그 길로 금강산 마하연(摩訶衍)에 들어가 구름과 안개, 기암과

폭포를 벗삼아 참선수행에 몰입한 지 삼 년의 세월이 흘러갔다. 세속나이 사십을 넘고 보니, 이제 스님도 옛날의 젊은 순호스님이 아니었다.

한 수좌가 스님에게 여쭈었다.

"스님께서는 그동안 늘 저희들에게 마음이 곧 도요, 마음이 곧 깨달음이요, 마음이 곧 부처라고 말씀하셨습니다……."

"나는 너희들에게 그렇게만 말하지 아니했느니라."

"아니옵니다, 스님. 스님께서는 분명히 그렇게 말씀하셨사옵니다."

"참으로 어리석구나. 너희들은 어찌하여 내 말 백 마디 가운데 한 마디 말만을 귓가에 담아두고 있느냐?"

"……백 마디 가운데 한 마디 말만을 귓가에 담아두고 있다구요?"

젊은 수좌는 곰곰이 씹어보고 있었다. 순호스님의 대답은 계속됐다.

"나는 분명히 마음이 곧 도요, 마음이 곧 깨달음이요, 마음이 곧 부처라고 너희들에게 일렀느니라."

"예 그렇사옵니다, 스님."

"그리구 또 분명히 일렀으되, 마음이 곧 늑대요, 마음이 곧 호랑이요, 마음이 곧 도적이요, 마음이 곧 선녀요, 마음이 곧 관세음보

살이요, 마음이 곧 부처라고 일렀느니라."

"예 스님, 그러하셨습니다."

"그러면, 어찌하여 마음이 곧 도요, 깨달음이요, 부처라면서 또 한편으로는 마음이 곧 늑대요, 마음이 곧 도적이라 하는가, 앞뒤가 맞지 아니한다 그런 말이렷다?"

"……그, 그러하옵니다, 스님."

"저 산아래 장터에 가면 장사치가 앉아 있느니라."

"……예, 스님."

순호스님은 기침을 한 번 하고나서 목청을 가다듬었다.

"그 장사치가 물건을 사러온 손님을 앞에 놓고 마음 속으로 이런 생각, 저런 생각을 갖되, 어떻게 하면 손님의 눈을 속여 돈을 더 많이 벌어볼까, 이런 궁리를 하면 바로 그 장사치의 마음은 도적이요, 늑대요, 호랑이와 같은 것! 또 어떤 사람이 저자거리를 지나다가 길바닥에 쓰러진 사람을 보았다고 하자. 이 때 쓰러진 사람의 옷을 뒤져 돈을 훔치려는 생각을 일으킨다면 그 사람의 마음은 도적이요, 늑대요, 호랑이와 같은 것. 그렇지 아니하고 불쌍하다는 생각을 일으켜 쓰러진 사람을 업고 병원으로 데리고 가서 치료를 받게하고 도움을 베풀겠다는 생각을 일으킨다면, 그 사람의 마음은 바로 선녀요, 관세음보살이요, 자비로운 어머니와 같은 것! 마음은 하나로되, 도둑도 되고, 늑대도 되고, 선녀도 되고, 관세음보살도 되는 것이니, 그래서 이 마음을 바로 보고, 마음을 바로 알고, 마음을 바로 닦아, 마음을 바로 다스리면 이것이 바로 도요, 깨달음이요, 부처라고 하느니라."

순호스님의 법문은 지루하지가 않았다. 젊은 수좌는 자리에서 일어나 큰 절을 올렸다.

"알겠사옵니다, 스님. 감로법문(甘露法文) 들려주셔서 감사하옵니다."

때로는 참선으로, 때로는 여러 수좌들과의 법담을 통해서 순호스님의 수행은 계속되었다. 바로 이무렵 금강산 마하연에 머물고 있던 스님에게 한 장의 전보가 날아들었다. 대구 팔공산 동화사에서 온 것이었다.

"무엇이라구? 성인 비구니 열반이라? 아니, 그러면……."

속가의 어머니였던 성인비구니 스님이 열반에 드셨다는 비보(悲報)였다. 순호스님은 부랴부랴 행장을 꾸려 대구 팔공산 동화사 부도암에 당도했다. 그곳에는 뜻밖에도 속가의 옛아내 차씨부인이 와 있었다.

산천초목도 숨을 죽여 애도하는 가운데, 옛 속가의 어머니 성인비구니의 다비를 마친뒤 스님은 차씨 부인과 마주서게 되었다.

"이 절에 와서 스님들로부터 얘기 많이 들었소. 편찮으시다는 기별을 했더니 곧바로 올라 오셨다면서요? 병구완을 마지막까지 정

성들여 해주고, 임종까지 지켜주셨다니 정말 고맙소이다."

옛아내는 다비식 때까지도 흘린 눈물이 아직도 마르지 않은 듯했다. 또다시 복받쳐 나오는 울음을 삼키는 것 같았다. 그런 차씨부인을 바라보면서 스님은 조용히 말을 건넸다.

"……시어머니와 며느리 사이. 행여 서운한 점이 있었더라도 이제는 다 잊도록 하시오."

"……아, 아닙니다. 어머님께서 돌아가시기전에……모든걸 용서하라 하시고…… 제 앙금을 말끔히 씻어주시고, 제 손목을 꼬옥 쥐어주셨습니다."

"잘하셨소. 정말 잘하셨어요. 자 그럼, 난 또 그만 가봐야겠으니 부디 잘 가시오."

"……대체 또 어디로 가십니까?"

순호스님은 쓸쓸하게 웃으며 하늘만 쳐다보았다.

"삭발출가한 중, 가는 데가 어디라고 정해져 있겠소?"

"하지만 스님, 아이들 일은 궁금하시지도 아니하십니까?"

"그 아이들이 지금쯤 몇 살이던가요?"

"큰 아이가 열아홉, 둘째는 열한 살입니다."

"고생 참 많으셨소이다. 자 그럼, 잘가시오!"

스님은 더 이상 말하지 않고 돌아섰다. 긴 장삼자락이 바람결에 유난히도 펄럭거렸다. 멀어져 가는 뒷모습을 바라보면서 차씨부인은 울음을 삼키고 두 손을 모아 합장했다.
 "……스님, 잘 살펴가세요. 부디…….”

8
처처불상, 사사불공

옛 속가의 어머니 성인스님의 다비를 마치고 차씨 부인과 부도암에서 작별한 훗날의 청담, 순호스님은 그 길로 또다시 운수(雲水)행각을 계속했다. 오대산 월정사에서 상원사로, 상원사에서 다시 금강산 건봉사로, 건봉사에서 또다시 묘향산으로…… 구름같이 떠돌며 물처럼 흐르는 고행길은 끊임없이 이어졌다.

그러던 어느해 겨울이었다. 이번에는 다시 발길을 남쪽으로 돌려 운수행각을 계속하다가 겨울 한 철을 서울 밖 수유리 화계사에서 지내게 되었다. 대웅전 밖 한 켠에서는 기도하러 온 한 노보살과 젊은스님이 낮은 목소리로 수근거리고 있었다. 마치 다른 사람이 들으면 안 되는 얘기라도 하는 것처럼.

"……저 스님."

"예, 왜 그러십니까, 보살님?"
"나 무엇 좀 여쭤볼려고 그래요."
"말씀하시지요, 노보살님."
"저기, 저 홑껍데기 누더기를 걸치고 계신 스님 말씀이예요……."
"아, 예 저 순호스님 말씀이십니까요?"
"……순호스님이라고 그러시나요?"
"예, 순(淳)자, 호(浩)자, 순호스님이신데요, 도인스님이시랍니다요."
"아이구 그럼 저 스님이 도인스님이시라구요?"
"예, 도를 깨쳐도 벌써 깨친 큰스님이십니다."
 순호스님은 화계사에 머무르면서 누덕누덕 기워입은 홑옷에 버선도 신지 않은 맨발차림이었다.
"아니 그런데 도까지 깨치신 도인스님이라면서 왜 저렇게 누덕누덕 홑껍데기 누더기를 입게 하십니까요, 그래?"
 거의 매일 기도하러 다니던 노보살은 스님의 헐벗은 모습이 몹시도 딱해 보인 모양이었다. 더구나 계절은 삭풍이 몰아치는 한겨울이었다. 노보살의 근심스런 말을 듣고나서, 젊은 스님은 씨익 한번 웃더니 말했다.
"예…… 그거야 스님께서 새옷도 싫으시다, 겹옷도 싫으시다, 심

지어는 버선도 싫으시다… 아무리 새 버선을 드려도 물리치시니까 그렇죠.”

“원, 아무리 그래도 그렇지. 이 엄동설한에 저러시다 병이라도 드시면 어쩌려구 그러신답니까 그래?”

“그러게 말씀입니다요. 허지만 아무리 새옷을 갖다드려도 싫다 하시니 저희인들 어찌하겠습니까.”

“아이구 난 또, 그런줄도 모르고 절에 새옷이 없어서 저러시나보다 하고 이렇게 솜바지 저고리에 버선을 해왔지 뭐겠습니까요, 글쎄……”

노보살은 가슴에 안고있던 보따리를 펼쳐보였다. 보기에도 윤기가 나고 푹신푹신한 옷가지였다.

“아니 그럼, 저 순호스님 드리려고 일부러 새옷을 해오셨다구요?”

“뵙기에 원, 하두 딱해서요.”

“예, 노보살님…….”

“저, 그러니 스님. 이 늙은 것이 기왕에 정성으로 해온 것이니 저 스님께 입으시도록 좀 갖다 드리세요.”

노보살은 들고있던 보따리를 수좌스님에게 건네주었다.

“글쎄요, 얼른……입으실 것 같지 않은데요.”

수좌스님은 옷보따리를 건네받으면서도 얼른 내키지 않는 모양이었다.
"아 그래도 혹시 또 아십니까? 이 늙은 것 정성을 아시면 입으실 지요……?"
"아, 알겠습니다. 제가 한번 갖다드려 보지요."
수좌스님으로부터 새옷을 받아든 순호스님의 반응은 뜻밖이었다.
"나 입으라고 어떤 노보살이 이 옷을 지어 오셨다고?"
"예, 그렇습니다, 스님."
"거 정말 고마우신 보살님이시네 그려 — 감사히 잘 입겠다고 그렇게 전해주시게."
"……예. 하온데 스님께서 정말 입으시게요?"
"아, 입다마다! 정말 좋구만."
그리고나서 놀라는 수좌스님의 표정에도 아랑곳 하지않고 덧붙였다.
"기왕에 따뜻한 옷이 생겼으니 이 옷 입고 서울 문안에 좀 들어갔다 와야겠네."
"예에? 새옷 입으시고 문안에요?"
수좌스님은 또 한번 놀라지 않을 수 없었다. 그토록 많은 스님들이 새옷을 권해도 입지 않았던 터라, 모두들 이상하게 여길 수밖에 없었다. 새옷에 새 버선을 신고 나간 순호스님은 저녁 때가 돼서야

돌아왔다. 저녁 때의 겨울바람은 더욱 거칠고 차가왔다.
"아니 대체 누구시온데 이렇게 불쑥 절방으로 들어오십니까?"
"허허 이 사람, 젊은 나이에 벌써 눈이 어둡단 말인가?"
낮에 새옷으로 갈아입고 나간 순호스님이었다. 수좌는 깜짝 놀랐다.
"아이구, 이거 스님 아니십니까? 그런데 대체 이게 어찌된 일이옵니까, 스님?"
"어찌되긴, 대체 무엇이 어찌됐다고 이렇게 수선인가?"
"어이구 스님, 이 옷 말씀입니다요. 나가실 때 입으신 새옷은 어쩌시고 이렇게 시커먼 걸인 옷을 걸치고 오셨느냐구요?"
순호스님이 걸친 옷가지는, 평소에 입던 홑누더기 보다도 더한 그야말로 알거지들이 입는 누더기 옷이었다. 수좌스님은 놀랄 수밖에 없었다.
"옷이야 돌아오는 길에 동대문 밖에서 바꿔 입었네, 이 사람아."
"아니 그럼 새옷을 거지한테 주시고…… 이렇게 거지옷을 입고 오셨단 말씀입니까?"
"자꾸 그렇게 거지, 거지, 하지말게. 내가 보기에는 떨고 계시는 부처님이셨네."
"예에? 아니 그럼 동대문 밖 거지가 스님 눈에는 부처님으로 보이셨단 말씀이세요?"

수좌는 이해를 못하겠다는 듯 자꾸 고개를 갸우뚱거리고 있었다. 이 모습을 지켜본 순호스님은 마침내 한 마디 했다.

"이 사람, 절밥을 헛 먹었구먼 그래."

"예에? 절밥을 헛 먹다니요……스님?"

"처처불상(處處佛像)이요, 사사불공(事事佛供)이라는 말씀 듣지도 못했는가?"

"……처처불상……사사불공이요……?"

"두두물물(頭頭物物)이 다 부처님이요, 이 세상 온갖 일이 모두 불공 드리는 일이거늘 출가사문의 눈에 어찌 걸인과 부처의 구별이 있단 말이던가?"

순호스님의 빛나는 눈과 카랑카랑한 목소리는 대번에 상대방의 기(氣)를 제압해 버렸다. 수좌스님은 어쩔줄 몰라했다.

"……아, 예 스님. 잘못되었습니다, 용서하십시오."

수좌스님은 물러나오면서 혼자 중얼거렸다.

"처처불상(處處佛像)이요, 사사불공(事事佛供)이라……."

순호스님은 계속해서 누더기 홑옷에 맨발의 수행을 계속했다. 이때 설악산 봉정암과 묘향산 설령대에서는 '눈 위에 피묻은 발자국이 있으면 순호스님 다녀간 자리'라는 말이 수좌들의 입에서 입으로 전해졌다. 그만큼 순호스님의 고행은 철저한 것이었다.

스님은 금강산 마하연에서 내려와 이 산, 저 산을 거쳐 서울 안

국동 선학원에 잠시 들르게 되었다.
"스님께 문안 드리옵니다."
"그래…… 그대는 누구던고?"
"예, 태백산 도솔암에서 온 법웅이라 하옵니다."
법웅수좌는 후에 도우스님으로 불리워졌다.
"으음 그래, 허면 대체 중은 언제 되었는고?"
"예, 8년전 경상도 상주 남장사 임재웅 스님 문하에서 출가했사옵니다."
"허, 그렇던가. 허면 또 어디로 가는 길이던고?"
"아직 행처를 정하지는 못했습니다만, 어디든 산속에 깊이 들어가 수행할까 하옵니다."
순호스님은 법웅수좌를 빤히 바라보았다. 꽤 안정된 자세였다.
"흐흠, 내 그대의 눈빛을 보아하니 중노릇 실히 잘할 사람 같은데……."
"아, 아니옵니다. ……과찬의 말씀이시옵니다."
순호스님은 넌즈시 물었다.
"내 이번에는 속리산 복천암에 들어가 생식(生食)을 하고자 하는데 어떤가? 날 따라갈 생각은 없는가?"
"스님을 모시도록 허락만 해 주신다면 신명을 다 바쳐 모시도록 하겠습니다."

"그러면 잘 됐네 그려, 나하고 둘이서 속리산으로 가세나."
"감사하옵니다. 스님, 감사하옵니다."
　무슨 전생의 인연이라도 있었던 듯, 순호스님과 법웅수좌는 이내 사제지간(師弟之間)이 되어 속리산으로 향했다. 법주사 복천암에서 듣는 산새 소리는 유난히도 청아했다.
"저, 스님."
"무슨 일이던고?"
"생식을 하시겠다 이르셨사온데, 무엇무엇을 갈아야 하는지요?"
"쌀과 들깨, 솔잎에 대추, 그리고 날콩을 갈아서 가루로 만들어 두었다가 냉수에 타 마시면 될 것이야."
　생식을 해가며 수행을 계속하던 어느 날 법웅수좌가 물었다.
"……하온데, 스님."
"왜?"
"이 속리산은 전에도 인연이 있으셨던가요?"
"으음……거, 이 속리산 너머가 바로 상주땅 아니던가."
"예, 그렇습니다 스님. 문장대를 넘어서면 바로 상주땅이지요."
"연전에 내가 이 산너머 상주땅 동관암 터에 토굴을 짓고 한동안 있었지."
"아, 예 동관암 터라고 하시면……."
"옛날 동관음암이 있던 자리인데, 거기에는 일본에 반대하고 독

립사상을 가진 사람들이 많이 숨어 있었어. 더러는 징용을 피해 숨어 들어온 사람들도 있었구……."

"예, 그래서 스님께서는 이 속리산 지리를 훤히 아시는군요."

"그런 셈이지. 아직도 동관암 토굴에 그 사람들이 숨어지내는지 언제 한번 가봐야겠구먼……."

"그렇게 하시지요, 그때는 제가 모시고 가도록 하겠습니다."

"그렇게 하세나……."

순호스님과 법웅수좌의 생식수행은 계속됐다. 이듬해 봄날, 속리산 복천암에 귀한 선객(禪客) 한 분이 찾아왔다. 바로 이성철(李性澈) 스님이었다. 훗날의 청담, 순호스님이 세속나이는 연상이었으나, 두 스님은 그야말로 흉허물없는 도반(道伴)이었다. 이때부터 두 스님은 끊을래야 끊을 수 없는 깊은 인연을 맺게되었던 것이다.

성철(性澈)스님이 복천암에 온 지 얼마되지 않아 사월 초파일을 맞이했다. 바로 그 초파일 저녁 때였다. 요사(寮舍)의 마룻장을 찍어대는 요란한 소리가 들려왔다. 방안에서 법담을 나누던 스님들과 신도들은 가만히 귀를 기울였다.

"이것보시오, 이 절에 아무도 없소?"

밖에서 들리는 목소리는 꽤 날카로웠다. 웅성거리는 소리가 있는 걸 보면, 한 사람은 아닌 것 같았다. 인기척이 없자, 마룻장을 두들기는 소리가 다시 한번 요란하게 들려왔다.

"이 절에 아무도 없단 말이오!"
날카로운 목소리는 짜증섞인 고함을 질러댔다. 방문을 열고 나온 것은 법웅수좌였다.
"대체 무슨 일로 그러시는지요?"
법웅의 질문에 날카로운 목소리의 주인공은 눈을 가늘게 뜨고 쳐다보았다.
그는 일본순사였다.
"이 절에 이순호라는 중이 숨어있지?"
소란을 피운 장본인이 일본순사라는 점도 그랬지만, 그들이 찾는 사람이 바로 순호스님이라는 것을 알고 법웅수좌는 깜짝놀랐다.
"예에? 아니 무슨일인데요?"
"이순호, 냉큼 손들고 나왓! 이 절은 모두 포위되었으니 빨리 나오란 말이다. 어서!"
아닌 밤에 홍두깨격이었다. 일본순사는 더 크게 고함을 질러댔다. 조용한 수도처인 복천암에는 수많은 왜경들이 장총을 들이대고 포위하고 있었다.
"내가 바로 중 순호이거늘, 이게 대체 무슨 소란이란 말이던고?"
방안에 있던 순호스님은 아무 영문도 모른 채 밖으로 나오면서 물었다.
"네가 바로 이순호, 틀림없는가?"

일본순사는 다짜고짜 반말부터 했다.
"이 절에 순호라는 중은 나 하나뿐, 대체 무슨 일이던고?"
순호스님의 표정은 평상시와 다름없었다. 오히려 순호스님을 바라보는 일본순사는 얼굴에 노기를 가득 띠고 서 있었다.
"조선독립운동을 한 죄로 너를 체포한다. 손 내밀어 빨리!"
일본순사는 한 쪽 손에 든 수갑을 흔들면서 소리쳤다. 그 뒤에는 장총으로 무장한 순경들이 일렬로 서 있었다.
"허허허허…… 조선독립운동이라?"
어이없다는 듯이 한바탕 웃음을 터뜨리고나서, 순호스님은 일본순사의 두 눈을 쏘아보았다. 마주친 눈을 피하면서 일본순사는 고함만 질러댔다.
"잔소리말고 가자, 어서!"
이를 지켜보고 있던 법웅수좌가 일본순사 앞으로 바짝 다가가 따지듯 물었다.
"여, 여보시오. 우리 스님이 무슨 죄를 지었다고 이러는게요, 예?"
일본순사는 법웅의 어깨를 밀치며 금방이라도 총을 겨눌 기세였다.
"저리 비켜라, 이 자식아! 자, 빨리빨리 가자!"
두 손에 수갑이 채워진 채 순호스님은 일본순사들에게 잡혀가고 말았다. 무슨 영문인지 아는 사람은 아무도 없었다. 끌려가는 순호 스님도 그렇지만, 애타는 것은 법웅수좌였다.

다른 때가 아닌, 사월 초파일 '부처님오신날'에 일어난 일이었다.

9
왜경에 체포된 스님

일본경찰들에게 체포되어 끌려간 다음날, 순호스님을 모시고 있던 법웅수좌는 법주사 큰 절에 이 사실을 알리고 부랴부랴 보은경찰서로 달려갔다. 그러나 보은경찰서에서는 스님을 데려온 사실이 없다는 대답이었다. 도무지 어찌된 일인지 짐작할 수조차 없었다. 법웅은 난감했다. 아닌밤에 홍두깨격으로, 어제 저녁부터 일어난 일이 웬 괴변인가 싶었다.

그도 그럴 것이 스님을 붙잡아간 곳은 보은경찰서가 아니라, 경상도 상주경찰서였다. 그러니 보은경찰서에서 스님의 행방을 모르는 것은 너무나 당연한 일이었다.

영문도 모른 채 끌려간 청담, 순호스님은 상주경찰서에서 심한 문초를 당하고 있었다.

"바른대로 대라! 그렇지 않으면 살아서 나가지 못할 테니까!"

나무의자에 묶어둔 채, 수사관은 소리를 질러댔다. 순호스님은 고등농림학교시절 3·1독립만세운동에 참여했다는 이유로 경찰서에서 일주일 동안 훈계를 받은 적은 있지만, 이처럼 온 몸을 꽁꽁 묶인 채 문초를 받은 적은 없었다.

"대체 삭발출가한 중더러 무엇을 바른대로 말하란 말이더냐?"

"우리가 입수한 정보에 의하면 너는 몇 년전 만주에 갔다왔다고 하던데, 사실이지?"

사실이었다. 그것을 부인할 이유가 없었다. 스님은 당당하게 대답했다.

"그래, 갔다온건 사실이다. 허지만……."

"허지만 뭐란 말이냐?"

"내가 다녀온건 만주가 아니라 만주와 소련 국경이었다."

"거기가 대체 어딘지 자세히 말해봐."

"라제거우라는 곳이다."

"라제거우? 거긴 무슨 일로 누구를 만나러 갔었나?"

"다른 일은 없었고 수월선사(水月禪師)를 뵈러 갔었다."

"수월선사라는 자는 무엇하는 사람인가?"

"조선에서 유명한 큰스님이시다."

"그 스님을 대체 무슨 목적으로 찾아갔는가?"

"중이 노스님을 찾아가는데 무슨 다른 목적이 있겠는가? 다만 법을 물으러 갔을 뿐이다."

"법을 물으러 갔었다?"

"그 일 말고 달리 무슨 목적이 있을 수 있겠느냐?"

순호스님은 오히려 반문했다. 젊은 수사관은 존대말이라고는 전혀 쓰지 않았다. 그의 심문은 지나치리만큼 건방지고도 끈질기게 이어져 갔다.

"무슨 법을 물으러 갔는가?"

스님은 잠시동안 잠자코 있었다. 그러자 젊은 수사관은 책상을 치면서 다시 소리를 질렀다.

"무슨 법을 물으러 갔느냔 말이다! 조선을 다스리는 일본의 형법이 잘못됐다는 것을 물으러 갔단 말인가, 아니면 토지법에 대해서 물으러 갔단 말인가! 앙?"

"내가 물으러 간 것은 그런 법이 아니라 부처님 법이다."

"무엇이라구? 부처님 법?"

"그렇다, 중이 부처님 법 말고 달리 알아야 할 법이 어디 있겠는가?"

젊은 일본수사관은 책상을 치면서 자리에서 벌떡 일어났다. 얼굴에는 노기가 등등했다.

"이 중이 나를 아주 바보천치로 아는가? 형법, 민법, 상법처럼 부처님 법도 있단 말이냐?"
"부처님의 가르침을 우리는 법이라고 부른다."
젊은 수사관은 자리에 앉지않고 코를 씩씩거리며 선 채로 계속 책상을 두들기고 있었다.
"허튼 수작말고 바른대로 대! 너 그 중으로부터 조선독립운동 지령을 받아가지고 왔지?"
"수월선사께서는 산속에 움막을 짓고 사시며 사슴 노루에게 먹이를 나눠주고 계셨을 뿐, 세속일에는 초월하신 분이다."
"그러면, 속리산 동관암에는 무엇하러 갔었는지 바른대로 대라!"
"옛 절터가 공부하기 좋은 곳이라 하여 토굴을 짓고 수행했을 뿐이다."
"거짓말마라! 네가 그 동관암에 있을 때, 거기에는 불온한 조선놈들이 숨어 지내고 있었다. 그렇지 않은가?"
"내가 처음 동관암에 갔을 때 조선사람들이 살고 있었던 것은 사실이다, 허지만……."
"허지만 뭐야? 말해봐 빨리!"
"세상을 등지고 산속에 들어와 공부하는 선비들인줄 알았지, 그 사람들이 숨어지내는 사람들로 보이지는 아니했다."
젊은 수사관은 의자에 묶여있는 순호스님 앞으로 다가와 손가락

으로 삿대질을 해가며 고함을 질렀다.
"허허, 이 중녀석 안 되겠구만, 매일처럼 모여서 독립운동을 모의하고 허구헌날 사상무장을 해온걸 우리가 모르는줄 알아? 앙?"
"내가 보기엔 결코 그런 일은 한 번도 없었다."
"허허, 이거 도저히 말로 해서는 안 되겠구먼! 고추가루 맛좀 보여줘야겠어!"

상주경찰서의 수사관들은 번갈아가며 고문을 가하기 시작했다. 고추가루 탄 물을 콧구멍에 부어대는가 하면, 두 정갱이 사이에 몽둥이를 끼워넣고 양쪽에서 질근질근 밟아대기도 했다. 고통을 참고 견디는 데는 그 누구보다도 경험많았던 인욕제일(忍辱第一)의 수행자 순호스님이었지만, 계속되는 구타와 고문에는 더 이상 버텨낼 재간이 없었다. 순호스님에 대한 고문은 두 달 동안이나 계속됐다. 모진 고문 끝에 스님은 결국 사경을 헤매게 되었으니, 그때서야 경찰서에서는 법주사 복천암으로 엽서를 보내 보호자를 불렀다.

엽서를 받고 허겁지겁 상주경찰서로 달려간 것은 법웅수좌였다. 법웅이 도착해보니, 순호스님은 이미 위독한 지경까지 이르러 병자들을 수용한 피병사(避病舍)에 아무렇게나 버려져 있었다. 순호스님은 발가락 하나 꼼짝할 수 없었다. 스님은 돌아가신 어머니의 환영에 매달려 그나마 가는 숨을 몰아쉬고 있었다. 어머니의 환영은 누워있는 자신의 어깨를 자꾸 흔들고 있었다.

〈애, 찬호야, 찬호야, 정신차리거라! 찬호야, 찬호야, 정신차리란 말이다!〉

〈그, 그래요……어머니……난, 안……죽어요…난……안죽습니다. 어머니…내, 비록 …우리집…가문은…못…못 이었습니다만…부처님 가문은…이어야…합니다. 부처님 …가문은… 어머니…〉

상주경찰서 피병사(避病舍)에 버려진 순호스님의 모습은 그야말로 부처님의 설산고행도를 연상할만큼 처참했다. 고문에 시달려 사경을 헤매고 있던 스님의 모습을 본 순간, 법웅수좌는 가슴이 철렁 내려앉았다.

"스님, 스님, 스님—. 정신 좀 차리십시오. 스님—."

어깨를 흔들어보기도 하고, 다리를 주무르기도 하다가, 귀에 대고 한참동안 불러보기도 했지만, 순호스님은 아무런 반응도 보이지 않았다. 간혹 한 번씩 가는 숨을 내쉴 뿐이었다. 법웅은 답답하고 무서웠다. 한참만에야 스님은 비로소 의식을 되찾는 것 같았다.

"……어, ……어, 나……안 죽는다, ……나…… 안……죽어."

"스님, 스님 법웅이가 왔습니다. 스님, 저 법웅이예요, 스님."

"……그래……나 안 죽는다. 나……안 죽어……부…부…처님……대를 이어야지, ……나…나…나…."

"스님, 스님 정신 좀 차리십시오. 스님, 예? 스님…."

"……그, 그래…너…너…."

스님은 감았던 눈을 뜨려고 애쓰는 것 같았다. 가늘게 속눈썹이 떨기 시작했다.

"법웅입니다, 스님. 제가 왔어요, 스님. 법웅이가 왔다구요."

"그 그래…너 …버…버…법웅이…."

"예, 스님, 접니다. 알아보시겠습니까? 스님?"

"그…그…그래…너…버…법웅이로구나. …버…법웅이…."

"예 스님. 이제 제가 왔으니 마음 놓으시고 기운 좀 차리십시오. 예? 스님."

"…나…나…솔잎물을 좀… 솔잎물…."

스님은 가느다란 목소리로 솔잎물을 찾고 있었다. 입술을 몇 번 움직였다. 몹시 목이 마른 모양이었다.

"솔잎물이라면 솔잎을 갈아서 그 물을 짜 오라는 말씀이십니까요? 스님."

"…그, 그래… 솔잎…물…."

"알았습니다, 스님. 금방 해 오겠습니다."

부처님이 돌보셨던 것일까. 돌아가신 속가의 어머니 성인스님이 흔들어 깨웠던 것일까. 스님은 가까스로 의식을 되찾고 법웅수좌를 알아보았다.

솔잎물을 마시고 싶다는 스님의 말을 듣고, 법웅은 부랴부랴 솔잎을 따서 즙을 냈다. 가까스로 솔잎물을 몇 숟갈 삼킨 스님은 점

차 의식을 회복해 나갔다.
"스님, 스님, 제가 누군지 알아보시겠습니까?"
"……그, 그래…… 너, 너는…… 법웅이가…… 아니냐……."
"예, 스님, 법웅이옵니다. 이 솔잎물을 조금만 더 드십시오. 자, 조금만, 조그만 더 드세요, 스님."
스님은 누운 채로 법웅수좌가 떠주는 솔잎물을 삼켰다. 몇 숟갈을 더 받아 마시고 간신히 혀끝을 내미는 모습을 본 법웅은 비로소 안심이 되었다.
"됐습니다, 스님, 이제 좀 편히 누워계십시오."
"버…버…법웅아."
"예, 스님."
순호스님은 한 쪽 손을 겨우 움직이며 가느다란 목소리로 말했다.
"…내 손에…다, 단주를…좀 쥐어…다오…."
그 목소리는 법웅이 잘 알아듣지 못할만큼 작았다.
"단주를 손에 쥐어달라구요? 스님?"
"…그, 그래…단, 단주를…."
법웅은 바랑에서 단주를 꺼내 손에 꼬옥 쥐어주었다. 스님의 손은 차갑고 꺼칠했다. 법웅이 건네준 단주를 한동안 쥐고만 있더니, 천천히 한 알 한 알 굴리기 시작했다. 단주알을 굴리면서 염불을

외웠지만 옆에 있는 법웅수좌는 잘 알아들을 수 없었다. 혀끝에서만 맴도는 것 같은 염불소리는 좀처럼 그치지 않았다.

상주경찰서 피병사(避病舍)에 수감된 채 사경을 헤매고 있던 스님을 지극 정성으로 보살폈던 이는 법웅수좌였다. 그리고 또 한 사람은 상주 남장사에 있는 비구니 수옥스님이었다. 수옥스님은 때때로 들깨죽이나 잣죽을 쑤어오기도 했다. 법웅수좌 못지않게 온갖 정성을 다해 병구완을 했다. 그러면서도 경찰서 측에 온갖 통사정을 해보았지만 얼른 석방시켜줄 것 같지가 않자, 수옥스님은 하는 수 없이 진주 속가의 옛 부인에게 편지를 보냈다.

〈순호스님께서 병들어 위독하시니 돈을 좀 마련하여 급히 상주 남장사로 찾아와 주시기 바랍니다. ―비구니 수옥 합장.〉

옛 속가의 차씨부인은 편지를 받아들고 혼잣말을 하고 있었다.

"이게 대체 무슨 편지란 말인지, 원. 아니 세상에 장본인이 보낸 편지도 아니고 밑도 끝도 없이 이런 편지가 오다니 원, 세상에……."

차씨부인은 누에를 키우며 농사를 지어서 겨우 두 딸들을 공부시키며 연명해가고 있었다. 석연치 않은 편지를 받고 곧바로 올라갈 형편은 되지 못했다. 편지를 보내고나서 아무리 기다려도 소식이 없자 수옥스님은 다시 한 번 연락을 취했다. 곶감 한 접을 소포로 보냈는데, 그 곶감 속에 편지를 숨겨 보냈던 것이다.

〈순호스님께서 사상범으로 몰려 경찰서에 갇혀 계시온데, 병이 심해 사경을 헤매고 계십니다. 급히 남장사로 와 주십시오.〉

"아니 그럼, 이게 정말이란 말여? 응? 아이구 세상에, 사상범으로 몰려 경찰서에서 사경을 헤매고 있다니……아이구, 아이구 세상에…… 이 일을 대체 어쩌면 좋단 말여 그래…… 응?"
 두 번씩이나 똑같은 내용의 편지를 받고나자, 차씨부인은 비로소 예삿일이 아니라는 것을 깨달았다. 이제는 더 이상 지체할 이유가 없었다. 서둘러서 그나마 남아있는 땅을 팔고 돈을 마련해서 진주 도립병원에 간호원으로 근무하는 큰딸 인자와 함께 상주로 달려갔다.
 수옥스님의 안내로 상주경찰서 피병사를 찾아간 차씨부인은 하마터면 비명을 지르며 쓰러질뻔 했다. 다정다감했던 옛날의 남편, 위엄이 넘쳐 흐르던 순호스님의 당당한 모습은 간 데없고 제멋대로 자라서 흐트러진 머리칼, 멧국물이 흐르는 걸인 행색의 옷차림, 피골이 상접한 깡마른 육신. 사경을 헤매는 스님의 모습은 너무나 비참했다.
 차마 두 눈을 똑바로 뜨고는 볼 수가 없어, 차씨부인도 처음에는 고개를 돌렸다.
 "스님, 스님……세상에 이게……무슨 일이란 말씀입니까……

예?"

이렇게 절박한 순간이었지만 차씨부인은 스님을 여보라고는 부르지 않았다.

눈을 가늘게 뜬 스님은 옛 아내를 알아본 모양이었다.

"……어……어? 대……대체 누……누구시오?"

"저예요 스님. 인자에미예요, 스님."

스님은 눈을 점점 크게 떴다.

"아……아니, 여, 여기는……어떻게 왔소? 대체……."

처음에는 몰라보았지만, 시간이 흐른 뒤에 옛 아내와 딸이 찾아왔음을 알고는 지긋이 두 눈을 감았다. 옛 아내는 다 헤지고 땟국물이 흐르는 옷자락을 잡고 흐느끼기 시작했다.

"……세상에, 세상에…… 이런 일이 어찌 있을 수 있단 말씀입니까, 스님."

순호스님은 자리에서 일어나지도 못하고, 그저 눈을 감은 채 옛 아내의 흐느낌을 듣고만 있었다.

"……세상에 그래, 훌륭한 스님이 되셔서 부처님 가문을 크게 이으시겠다고 하시더니…… 이게 대체 무슨 일이란 말씀입니까. 그래……."

"……할말도 없고……면목도 없소이다. ……어머니도 버리고……처자식도 버리고 집도 버린 몸……무엇 때문에……여기까지 날

찾아오셨소……그만 돌아가시오……어서…….”
 "제 걱정은 마시고 어서 기운 차리실 생각이나 하세요, 제발…….”
 차씨부인은 수옥스님으로부터 그동안의 자초지종을 자세히 들을 수 있었다. 얘기를 들으면서 부인은 내내 옷고름으로 눈물을 닦아냈다.
 "정말 감사합니다, 스님. 수옥스님께서 우리집에 두 번씩이나 편지를 해주시지 않았더라면, 우리는 정말 아무것도 모른 채 저 어른 돌아가셔도 모를뻔 했습니다. ……그러니까 왜놈 형사들한테 돈을 좀 쑤셔넣어 주고서라도 석방을 시켜야 살릴 수 있겠다……그런 생각에서 돈을 준비해오라 그러셨군요? 정말 감사합니다, 스님…… 정말 감사합니다.”
 차씨부인은 큰딸 인자를 고향으로 내려보내고 그 대신 친정 오라버니를 올라오도록 했다. 오빠로 하여금 왜경 형사들에게 접근해 스님의 석방을 돕도록 하자는 것이었다. 밥을 얻어먹고, 술을 얻어마시고…… 교제비까지 얻어쓴 일본 형사들은 그제서야 선심을 쓰는 듯이 차씨부인을 앉혀놓고 말했다. 그것은 회유이자 공갈협박이었다.
 "이 중은 아주 악질적인 사상범이라서 몇 십 년은 콩밥을 먹어야 하는건데……몸도 병약(病弱)하고 가족들이 책임을 지고 사상을

선도하겠다 하니…… 특별히 석방시켜주는 것이오! 알았소까?"
 "예……나으리……그저 어떻게든 석방을 시켜주시면 산속 깊숙히 절에 들어가서 몸조리만 하시도록 할 테니 아무 염려마십시오, 나으리……."
 "앞으로 또 독립이다, 계몽이다, 그런 허튼 수작하면 그땐 그야말로 유치장이 아니라, 형무소로 보내는거요, 알았소까?"
 "알고말고요. ……절대로 그런 일이 없을 테니 그저 석방만 시켜주십시오, 나으리."
 차씨부인은 일본 형사에게 빌고 또 빌었다. 차씨부인의 눈물로 얼룩진 얼굴을 쳐다보면서 왜경은 마지막 결정을 내리는 듯했다.
 "좋소! 석방이오!"
 그렇게 청담스님은 음력 4월 초파일에 잡혀와서 7개월 만에야 석방이 되었던 것이다.
 "까치가 우짖는 게……지금이 봄이오?"
 "봄이라니요, 스님……가을도 한참 지나서 늦가을이랍니다."
 머리맡에 앉아서 몸을 돌보던 차씨부인이 웃으며 대답했다.
 "……늦가을이라……여보시오, 인자 어머니……."
 "……말씀하세요. 하실 말씀이 있으시면……."
 "……처자식 버리고 떠나온 몸. 무엇이 그리 마음에 걸려서……내버려두고 가지 아니하셨소이까?"

"……세상에, 사람이 어찌 병든 분을 내버리고 돌아갈 수 있단 말씀입니까?"
"인자…… 그 아이는 진주로 돌아갔소?"
"예, 그 아이는 진주도립병원 간호원으로 나가고 있어요. 병자를 돌봐야하는 간호원이라 오랫동안 자리를 비울 수 없어 먼저 내려보냈어요."
"……보살님도 이제 그만 내려가도록 하시오. 나는 저기 저 상주포교당에 가서 쉬도록 하겠으니……안심하고……."
순호스님은 아직 팔다리를 제대로 쓰지 못했다. 고개짓으로 상주포교당 쪽을 가리키며 말하는 것이었다.
"그렇게는 못하겠습니다, 스님."
"……그렇게 못하겠다면……?"
"스님이 기력을 회복하셔서 절로 돌아가시는걸 보고…… 그때 진주로 내려갈 것이니, 그렇게 아세요 스님."
오래전에 남남이 되어버린 옛 아내 차씨부인은, 순호스님이 상주포교당에 머물며 기력을 완전히 회복할 때까지 자리를 떠나지 않았다. 상주포교당의 감나무 가지에는 아침부터 몇 마리 까치가 날아와서 우짖고 있었다.
"원, 무슨 반가운 소식이라도 오려구 아침부터 이렇게 까치가 울어댄담……저……스님—."

차씨부인은 방문앞에서 까치들이 앉아있는 감나무를 한참동안 쳐다보다가 스님을 불렀다.

"……무슨 일이시오."

"예, 저 죽을 끓여왔습니다. 들어가도 괜찮겠습니까?"

"……들어오시구려."

차씨부인은 방문을 열고 안으로 들어갔다.

"식기전에 좀 드시지요, 스님."

"……고맙소이다."

"남기시지 마시고 다 드십시오, 전 그럼 나가보겠습니다, 스님."

"이……이거 보시오, 보살."

순호스님은 막 일어서려는 차씨부인을 불렀다.

"예에?"

"거기 좀 앉으시구려."

"예."

"가정을 버리고 출가한 사람이 이렇게 또 신세를 지다니 참으로 면목 없소이다."

"……왜 또 새삼스럽게 그런 말씀을 하십니까?"

"……보살이나 아이들이나, 또 생전에 어머님이나 나를 얼마나 원망들을 했을지…… 난들 그걸 모르겠소이까?"

옛 아내는 다소곳이 앉아 한동안 말이 없었다. 눈가에는 금새 물기가 돌았다.

"……처음엔 그랬지요. 사실은 원망도 많이 했어요……그러다가 나중에는 이게 다 팔자소관이거니, 그렇게 여기고 살아왔습니다. ……팔자소관이겠지요."

"……이것이 다 전생에 지은 업보라고 아셔야 합니다. 전생에 내가 지은 업보, 전생에 보살이 지은 업보, 전생에 아이들이 지은 업보, 그 업보(業報)들이 모여서 이렇게 된 것이오."

차씨부인은 천정을 한 번 올려 보고나서 말했다.

"……팔자소관이건, 전생의 업보이건……이제는 아무도 원망하지 않습니다. 아이들도 그렇구요."

"참으로 장하신 일이오. 사람을 원망하고 미워하는 것은 또다시 나쁜 업을 짓는 것, 사람을 늘 원망하고 미워하면 세세생생 나쁜 과보(果報)를 받게 되는 것이오."

"……죽이 식겠습니다. 어서 드시지요 스님."

차씨부인은 죽그릇이 담긴 쟁반을 스님쪽으로 조금 옮기면서 말했다. 그러나 순호스님은 개의치 않고 옛 아내의 얼굴을 응시하면서 말을 이었다.

"보시오. 보살."

"……예, 스님."

"내 몸은 이제 차차 기력을 찾을 것이니, 내 걱정 말고 이제 그만

진주로 내려가시지요."

"……스님, 저도 드릴 말씀이 있습니다."

"나한테 할 말이 있으시다?"

"예, 있구말구요."

"그럼……어디 말씀을 해 보시오."

"스님, 스님 눈에는 이 여자가 옛날 데리고 사시던 그 여자로 보이십니까?"

"그, 그건…… 그건 아니오. 보살은 보살로 보일뿐이오."

갑작스런 옛 아내의 질문에 스님은 짧게 대답하고 말았다.

"그, 그러시겠지요. 제 눈에도 이제는 스님이 스님으로 보이실 뿐…… 몸이 불편한 스님으로 보이실 뿐……다른 생각은 조금도 없답니다. 스님께서 병을 떨치시고 기력을 찾으셔서 예전처럼 다시 산속으로 떠나가시면 나도 그때 미련없이 진주로 내려갈 것입니다. ……하오니 제발 더 이상 떠나라는 말씀은 말아 주십시오."

옛 아내는 단호하게 말했다. 그 눈빛은, 스님의 설득으로는 도저히 꺾을 수 없는 결단을 마음 깊은 곳에서 이미 내려버린 눈빛이었다. 순호스님은 더 이상 말을 잇지 못했다.

10
옛 아내의 지극 정성

　상주포교당에서 옛 아내인 차씨부인의 도움으로 순호스님은 날이갈수록 기력을 회복해 가고 있었다. 그동안 법웅수좌는 법주사 복천암에서 상주까지 서너 차례나 내왕하면서 스님의 뒷바라지를 해오고 있었다. 하루는 법웅수좌가 성철(性澈)스님과 함께 상주포교당에 들어섰다.
　"속리산 복천암에 있던 성철, 순호스님께 문안드리오."
　"내 귀에는 마치 문상드리러 왔다는 소리로 들리는구먼 그래, 응, 허허허."
　"열반에 드셨으면 문상이 될 것이요, 아직 살아계시면 문안이 될 것입니다."
　순호스님과 성철스님은 방문을 사이에 두고 농(弄)을 건넸다.

순호스님이 방문을 열어주었다.
"어서 들어오시오."
"허허 이거 부처님의 설산고행도를 스님이 몸소 보여주고 계십니다, 그려. 응? 하하하."
"부처님의 설산고행상을 친견했거든 마땅히 삼천배는 올려야 할 것이오."
"원 참 스님두, 그토록 고행정진을 마치고도 아직도 욕심이 그리 많단 말씀이시오, 응? 하하하…그래, 경찰서 유치장에서 7개월을 지내는 동안 생사는 어떠하던가요?"
"마음이 청정하면 생사가 없거늘 어찌 생과 사 구별이 있다고 날 놀리시오, 그래?"
"왜놈들이 스님의 육신을 이 지경으로 만들어 놓았으니 스님의 마음은 얼마나 상했을까 그걸 한번 알아본 것이오."
"육신을 멸해도 법신(法身)은 멸하지 않는 것. 그래, 철(澈)스님은 그동안 어떻게 지내셨소이까?"
"배고프면 밥먹고 졸리면 자고 그렇게 지냈지요, 뭐, 하하하."
성철스님은 시종 웃음을 잃지 않았다. 오랫만에 순호스님의 얼굴에도 희색이 돌았다. 그러나 그렇게 유쾌한 표정은 아니었다. 아픈 육신은 마음먹은대로 움직여 주질 않았다.
"배고프면 밥먹고 졸리면 자고……그렇게 잘 지내셨다?"

"암!"
"……그동안 빨래하는 솜씨도 제법 늘었겠구먼 그래, 응. 허허허."
"아 그야 어디 빨래 솜씨만 늘었겠소? 밥짓는 솜씨도 몰라보게 늘었지, 응. 하하하."
"그래도 여전히 산은 산이요, 물은 물이던가?"
"암, 산은 산이요, 물은 물이지."
"산은 산이요, 물은 물이로다!"
순호스님이 외쳤다.
"산은 산이요, 물은 물이로다!"
성철스님도 다시 한번 맞받았다. 순호스님과 성철스님은 서로의 얼굴을 쳐다보며 흡족하게 웃었다. 상주포교당에서 만난 두 스님은 법담을 주고받으며 즐거운 나날을 보냈다. 며칠을 보내더니 성철스님은 행장을 꾸리기 시작했다.
"아, 기왕 오신김에 한 철 잘 지내다 갈 것이지, 어찌 이리 금방 떠나겠다 하시는지?"
"이 상주포교당, 위치는 참 좋소이다마는 산도 없고 물도 없으니 산찾아 물찾아 가려는 것이지요."
"산찾아 물찾아 대체 어디로 가시겠다는 말씀이오?"
"저기 저 문경 사불산 대승사로 가볼까 하오."

성철스님은 손가락으로 멀리 산너머를 가리켰다.
"대승사로 가시겠다구?"
"순호스님도 기운 차리시거든 대승사로 오시구려. 그곳 쌍련선원이 지낼만 하실게요."
"대승사 쌍련선원(大乘寺 雙蓮禪院)이라……가만, 잠시만 기다려 주시오."
"아니 왜 그러십니까?"
"나도 행장을 꾸려야겠으니 잠시만 지체해 주시오."
"허허, 그건 아니될 말씀."
성철스님은 자리에서 일어나려는 순호스님의 옷자락을 잡아 끌었다. 다시 자리에 앉은 순호스님은 눈을 크게 뜨고 성철스님을 바라보았다.
"안 된다니?"
"이 몸을 가지고는 저 험한 산은 커녕 저기 보이는 언덕도 넘지 못할 것이니, 더 푹 쉬었다가 기운 차리시거든 그때 오시오."
"아, 아니야. 성철스님, 나, 나도 갈 수 있을게야."
"허허, 어찌 이리 마음이 급하시단 말이시오. 내 쌍련선원에 가거든 스님이 앉을 자리는 비워둘 테니 마음 느긋하게 잡수시고 기운이나 차리시오."
성철스님의 강경한 만류에 순호스님은 조금은 허탈해 했다.

"그러면 날더러는 뒤에 천천히 오라는 그런 말씀이시구먼……."
"그 대신 스님 앉을 자리는 내가 단단히 맡아 놓을 테니 염려마시고 어서 기운이나 차리시구려 응? 하하하, 자 그럼 먼저 가보겠소."

앉을 자리는 단단히 맡아놓겠다는 말을 다시 한번 하고나서, 성철스님은 법웅수좌를 데리고 문경에 있는 대승사를 향해 산길을 오르기 시작했다. 걸망을 메고 산을 넘는 두 그림자가 사라질 때까지, 순호스님은 안타까이 바라보고 있었다. 성철스님과 함께 꼭 가고 싶었지만 몸이 마음대로 움직여주지 않으니 어쩔 도리가 없었다.

성철스님과 법웅수좌가 경상도 문경군 산북면 사불산 대승사로 떠난 뒤 훗날의 청담, 순호스님은 상주포교당의 원주(院主)와 수옥비구니스님, 그리고 옛 아내 차씨부인의 지극한 정성으로 차츰차츰 기력을 회복해가고 있었다. 차씨부인은 거의 모든 시간을 순호스님의 병시중으로 보냈다.

"스님, 스님, 약 닳여왔으니 잡수셔야죠."
"……들어……오시구려."
"……약은 뜨뜻할 때 드셔야 약발이 좋답니다요 스님, 어서 드십시오."
"고맙소."

순호스님은 옛 아내가 닳여오는 약을 한 방울도 남기지 않고 매번 잘 마셨다.
"……저 스님."
"……왜, 그러시오?"
약사발 비우기를 기다리던 옛 아내는 스님이 빈 그릇을 쟁반에 놓자, 나즈막한 목소리로 물었다.
"지금도 부처님이 그렇게 좋으십니까?"
"그건 또 왜 물으시오?"
"이런 말씀 드리면 무식한 여자라서 그런다고 여기실지 모르지만, 부처님의 무엇이 그렇게 좋아서 부모형제도 버리고 처자식도 버리고, 정든 고향을 떠나서 스님들이 되시는지…… 나는 원, 도무지 알다가도 모르겠습니다요."
"……부처님 제자가 되면 마음이 늘 편안해지고, 부처님 제자가 되면 마음이 늘 즐겁고, 부처님 제자가 되면 이 세상 온갖 근심걱정이 다 사라지니 그 법을 배우고 깨달아서 이 세상 모든 사람들에게 널리 널리 전해주려고 그래서들 스님이 되는 게지요."
"부처님 법이 대체 어떤 것인데요, 스님."
"부처님의 자비로운 가르침을 부처님 법이라고 하는데, 이 부처님의 가르침은 하도 넓고 크고 많아서 단번에 전할 수는 없는 노릇이오만 우선 이것 한 가지만 알아두시오."

"……예 스님."
"부처님은 이 세상살이를 괴로움의 바다로 보셨소."
"……괴로움의 바다라구요?"
"그렇소. 태어나는 것도 괴로움이요, 늙고 병드는 것도 괴로움이요, 죽는 것 또한 괴로움이요……어디 그뿐이겠는가, 보고싶은 사람과 헤어지는 것도 괴로움이요, 보기싫은 사람 만나는 것도 괴로움이요, 갖고 싶은 것 갖지 못하는 것도 괴로움이니 이 모든 괴로움에서 벗어나려면 어찌해야 할 것인가……."
"……예, 스님."
"부처님은 맨먼저 욕심을 버리라 하셨소."
"……욕심을 버리라구요……?"
"그렇소, 사람의 욕심은 밑빠진 항아리와 같은 것, 아무리 채워도 채워지지 않으니 그 욕심에 한없이 끌려가게 되면 거짓말을 하게 되고 속이게 되고 훔치게 되고, 종국에는 사람을 해치고 죽이게 되니…… 이 욕심이 첫째가는 화근이라 하신게요."
"욕심이 첫째가는 화근이라구요?"
"두 번째로, 부처님은 성내는 마음을 버리라 하셨소. 벌컥벌컥 성내는 마음에서 다툼이 일어나고 싸움이 일어나고 해치고 죽이는 끔찍한 일이 일어나는 것이니, 성내는 마음 대신에 너그럽고 자비로운 마음을 지니라고 하신게요."

"……욕심도 내지말고 성도 내지 말라구요……?"
"그리구 세 번째로, 부처님께서는 어리석은 마음을 버리라고 이르셨소. 30년 50년 후에 그대는 과연 살아있겠는가, 결국은 죽어서 썩으면 한 줌의 흙으로 돌아갈 것이어늘 그것을 알고도 욕심내고 화내며 나쁜 업을 지을 것인가, 물으셨던게요. ……어떻소, 보살은 과연 50년 후에도 살아계실 것 같소?"
"예에? 아이구, 아니지요 스님, 아니지요……."
훗날의 청담 순호스님은 병상에 누워 있으면서도, 옛 속가의 아내에게 틈이 있을 때마다 부처님 법을 자상하게 전해주었다. 차씨 부인도 차츰차츰 귀가 트여가기 시작했다.
"보살……."
"예, 스님."
"보살은 3백 살 먹은 사람을 본적이 있으시오?"
"……없사옵니다, 스님."
"……그럼 2백 살 먹은 사람은 만난 일이 있으시오?"
"……없습니다, 스님."
"그렇소, 사실은 백 살 먹은 사람도 만나기 어렵소. 옛부터 인생 칠십고래희(人生七十古來稀)라 했으니 칠십 넘게 살기도 어려운 게요."
"……그야 그렇습지요 스님."

 "그런데도 어리석은 사바세계(娑婆世界)의 중생들은 더 많은 재산을 가지려고, 더 높은 벼슬을 차지하려고 거짓말을 하고 아첨을 떨고 사람을 속이고 도둑질을 하며 심지어는 사람을 해치고 살인까지 하고있소. 허나 나는 곧 병들 사람이요, 나는 곧 세상을 떠날 사람이요, 나는 머지않아 땅속에 묻히고 한 줌의 흙이 될 것이다, 이렇게 늘 마음 속 깊이 생각하고 사는 사람은 그토록 어리석고 악독하고 더러운 짓을 하지않을 것이오."
 "그, 그러니까 부처님께서 그렇게 가르치셨다 그런 말씀이지요?"
 "그렇소. 부처님의 가르침을 제대로 배우고 깨달아서 거짓말 없는 세상, 속임수 없는 세상, 도둑질 없고 미움도 없고 싸움도 없는 세상, 그런 세상을 하루빨리 만들자고 해서 스님이 되는게요. ……그러니 보살도 이제는 나를 원망만 하지 마시고 너그러운 마음으로 살아가길 바라오."
 "아, 아니예요. 저 이젠 정말 원망하지 않습니다. 스님을 원망하지 않아요. 정말이예요, 스님. 이제는 아무도 원망하지 않아요."
 순호스님은 옛 아내의 정성어린 간호덕분으로 기력이 날로 회복되어 갔다. 이제는 때때로 산책을 다닐만큼 예전의 건강을 되찾아가고 있었다.
 그러던 어느 날 순호스님은 상주포교당의 원주(院主)를 불렀다.

"부르셨습니까, 스님?"
"그래, 내가 원주를 좀 보자고 그랬네."
"분부내리시지요, 스님."
"아니 뭐, 달리 할말은 없고……그동안 내 뒷바라지 하느라고 원주가 고생이 참으로 많으셨네."
"아, 아니옵니다 스님. 저야 뭐 구경만 했사옵고 보살님의 고생이 많으셨지요."
원주는 순호스님의 칭찬을 차씨부인 덕으로 돌렸다. 스님은 빙그레 한번 웃고나서 본론으로 얘기를 돌렸다.
"덕택에 내 이제 거동할만큼 기력을 찾았으니 그만 떠날까 하는데……."
"떠나시다니요 스님? 안 되십니다, 좀 더 정양을 하셔야지요."
"아닐세…… 이만하면 하룻길 칠팔십 리는 걸어갈 수 있겠어."
"원 참 스님두……아니, 이 기력으로 칠팔십 리 길을 어떻게 걸으신다고 그러십니까? 한 두어 달 더 쉬셨다 가시도록 하십시오."
"내 원주한테 부탁이 한 가지 있는데……."
"예 스님, 말씀하시지요."
"내가 그 경찰서에 잡혀가는 바람에 바랑을 못가지고 나왔네."
"아, 예. 스님."
"그래서……혹시 헌 바랑이 있거든 하나 줄 수 있으시겠는가?"

"아, 예 바랑이라면 잠시만 기다리십시오 스님."

상주포교당 원주스님은 안으로 들어가더니 금새 바랑 하나를 가지고 나왔다.

"여기 있습니다, 스님."

"아니, 이 사람아. 이건 헌 바랑이 아니라 새로 만든 것 아닌가? 나는 새것 필요없으니 쓰다가 버려놓은 것이면 족하네."

"아닙니다, 스님. 스님께서 기력을 회복하시면 드린다고 진주 보살님이 새로 만들어 놓으신 겁니다요."

"……진주 보살이 새로 만들었다구?"

순호스님은 바랑을 집어들고 이리저리 살펴보더니, 마침 옆에 앉아있는 차씨부인을 쳐다보았다. 차씨부인은 다소 수줍은 듯 스님의 눈길을 피하면서 말했다.

"예에, ……처음 만들어 본 것이 돼놔서 마음에 드실지 원……."

수줍게 말하는 차씨부인을 보고 옆에 있던 원주스님이 거들고 나섰다.

"아주 잘 만드셨는데요, 보살님……자, 이것보십시오. 스님……이만하면 잘 만든 거지요?"

바랑을 손에 들고 원주는 마치 자신이 만든 것을 자랑이라도 하듯이 순호스님과 차씨부인을 번갈아 보면서 말했다.

"어, 그저……바랑이란 등에 짊어져서 편하면 되는게야."

"자, 그럼 스님께서 어디 한번 짊어져 보십시오, 자요……."
원주가 바랑을 집어 스님 어깨에 걸쳐 주면서 말했다.
"아이구, 바랑 끈이 너무 길지는 않나 모르겠네요……."
차씨부인의 말에, 어깨에 바랑을 걸쳐본 스님은 미소를 띠며 말했다.
"아, 아니오…… 이만하면 아주 적당히 잘 만드셨소."
"야, 이거 정말 자로 잰 듯 안성마춤입니다, 예? 그렇지요, 스님?"
"그래 아주 편하겠구만…… 자 그럼 떡본 김에 제사지낸다고 했으니 바랑 짊어진 김에 나는 떠나야겠어……."
"예에? 떠나시다니요?"
원주스님과 나눈 얘기를 못들은 차씨부인은 깜짝 놀랐다.
"아 글쎄, 아까부터 자꾸 떠나시겠다고 그러시지 뭐겠습니까요."
원주는 차씨부인을 바라보면서 말했다. 원주스님의 표정은 매우 난처해 하는 눈치였다. 차씨부인의 눈은 벌써 빨갛게 물들어가고 있었다.
"그동안 염치없는 신세를 너무 많이 졌어요."
옛아내는 울먹이는 목소리로 손을 내저으며 말했다.
"아, 아닙니다, 스님. 하지만……."

"이만하면 슬슬 거동을 해야지요. ……여보게 원주스님, 내가 보던 경책(經冊)이나 챙겨서 바랑에 담아주게나……."

"예, 스님. 곧 챙겨오겠습니다."

원주가 밖으로 나간 사이, 옛 아내 차씨부인은 순호스님 앞으로 바짝 다가앉으며 물었다.

"지금 떠나시면 대체 또 어디로 가시렵니까?"

"출가 수행자가 갈 곳이 따로 정해진건 아니오만, 우선은 저기 저 문경 사불산 대승사로 갈까하오. ……부디 잘 사시오."

문경 사불산 대승사는 성철스님과 법웅수좌가 먼저 가 있는 절이었다. 얼마전에 성철스님이 대승사 쌍련선원으로 떠나면서 순호스님과 만나기로 한 곳이었다. 지금 떠나면 언제 또다시 만날지 모르는 기약없는 이별의 시간이 왔음을 알고, 차씨부인은 마침내 눈물을 삼키기 시작했다.

"…… 스님, 저도 그럼 이 길로 진주로 내려가겠습니다. ……부디 몸조심 하십시오……스니임……!"

차씨부인은 복받쳐 오르는 설움을 참지못하고 소리내어 울다가, 이내 고개를 돌리고는 뒤안쪽으로는 돌아가 버렸다.

순호스님은 상주포교당에서 옛 속가의 아내 차씨부인과 작별한 후, 불편한 몸을 이끌고 걷고 또 걸어서 경상도 문경군 산북면 전두리 사불산에 자리잡고 있는 대승사 쌍련선원을 찾아갔다.

대승사 쌍련선원에는 성철스님, 자운스님, 종수스님, 홍경스님을 비롯해서 문정영스님, 청안스님 등 기라성 같은 선객(禪客)들이 모여들어 참선수행을 하고 있었다. 물론 법웅수좌도 함께 있었다.

순호스님이 당도하자, 누구보다도 반가와하는 이는 성철스님이었다.

"상주포교당에서 온 객승(客僧) 문안 드리오."

"아, 아니, 이거 순호스님 아니시오? 어서 오시오."

"내가 앉을 자리는 제대로 맡아 두셨으렷다?"

"나 만나기 싫어서 안 오시는 줄 알고 다른 스님 내줘 버렸는데, 이 일을 어찌한다?"

"허허, 그렇다면 객실로 가서 하룻밤 자고나 가야겠구먼, 응? 하하하……."

"허허허……내 자리를 비워 드릴 테니 객실 신세는 지지 마시오, 응? 허허……."

순호스님과 성철스님은 다시 만나 쌍련선원에서 허물없는 도반(道伴)으로 수행정진을 함께 하게 되었다. 그러던 어느 날, 쌍련선원 살림을 맡고있던 원주(院主) 청안스님이 마을에 내려갔다 오더니만 땅이 꺼지게 한숨을 내쉬면서 말했다. 1944년 이른봄의 일이었다.

"스님, 이 일을 어찌하면 좋단 말씀입니까?"

한숨을 내쉬며 탄식하는 원주를 향해, 순호스님이 물었다.
"아니, 원주……무슨 일인데 이렇게도 깊은 한숨이란 말인가?"
"저 왜놈들 말씀입니다요……."
"왜놈들……?"
"예……태평양 전쟁을 일으켜서 세상을 온통 일본 손아귀에 넣겠다고 날뛰면서 우리 조선 젊은이들을 마구잡이로 징용에 끌어가지 않았습니까요?"
"그, 그래…… 수없이 끌어갔지."
"그런데 글쎄, 이번에는 말씀예요……그 왜놈들이 조선 처녀들까지 모조리 끌어다가 전쟁터로 내 보낸다지 뭐겠습니까요, 글쎄…….''
"아니, 무엇이라고? 조선 처녀들까지 모조리 끌어다가 전쟁터로 보낸다?"
처녀들을 전쟁터로 끌고간다는 말은 순호스님도 처음 듣는 얘기였다. 놀라지 않을 수 없었다. 원주스님은 흥분을 가라앉히지 못하고 있었다.
"예……시집 안 간 처녀는 무조건 잡아다가 전쟁터로 보낸답니다요……."
"아니, 그러면 조선 처녀들마저 군인으로 내보낸다는 말이던가?"

"군인으로 내보내면 양반이게요? 군인이 아니라 글쎄……스님
…….."
 원주스님은 말끝을 제대로 맺지못했다.
 "아니, 그럼 무엇으로 내보낸단 말이던가?"
 순호스님도 마음이 급해졌다. 얼른 알고 싶었다. 고함소리에 놀란 원주는 울먹이면서 하던 말을 계속했다.
 "……글쎄요, 스님……세상에, 데이신따인지, 정신대(挺身隊)인지 그런 이름으로 전쟁터에 보내서 왜놈 군인들 노리개감으로 써먹는다지 뭐겠습니까, 스님."
 "무엇이라구? 노리개감……?"
 "위안부 말씀입니다요, 위안부……."
 "위, 위안부? 우리 조선 처녀들을……?"
 "예에……그래서 지금 마을마다 딸을 벼락치기 시집보내느라 야단났습니다요, 스님……."
 조선처녀들을 정신대(挺身隊)라는 이름으로 마구 잡아다가 왜놈 군인들 위안부로 보낸다는 소리를 듣는 순간, 순호스님은 불길한 예감에 가슴이 철렁 내려앉는 것 같았다. 진주도립병원 간호원으로 근무하던 큰딸은 이미 출가를 했다고 들었으니 걱정이 없었지만, 어머니의 마지막 소원, 가문의 대를 이으려고 파계(破戒)까지 해서 얻게된 둘째 딸 인순이의 모습이 눈앞에 떠올랐던 것이다.

한창 여자의 아름다움을 가꾸어가고 있을 둘째딸을 생각하면서 순호스님은 뜬눈으로 밤을 새웠다. 날이 밝는대로 성철스님에게 달려갔다.

"대체 무슨 일인지 어서 말씀을 해보시오."

"철(澈)스님, 내가 지옥에 갈 각오로 파계를 했었다는 얘기는 이미 알고 계시지요?"

"그야 순호스님께서 나한테 얘기를 해 주셨으니까 알고 있지요."

"그때 얻은 딸아이가 지금 아마 열다섯인가, 열여섯인가 그렇게 됐을게요."

"아니, 벌써 그렇게 됐단 말씀입니까?"

"내가 그래서 철스님한테 의논을 하는 게요. 나이도 어린데 혼인을 시킬지도 모르니, 차라리 그 아이를 데려다가 머리를 깎아주는 게 도리가 아닐까 해서요."

"그 아이를 데려다 머리를 깎아 주시겠다구요? 스님이?"

"……어린 나이에 갑자기 혼인을 시키느니, 차라리 데려다가 머리를 깎아주는 게 좋을 것 같아서요."

"……"

"……또 그 아이는 내가 부처님께 죄를 짓고 얻은 아이이고 보니……"

잠자코 듣고만 있던 성철스님은 비로소 고개를 끄덕였다. 그것은 동의의 표시였다.
　"……알겠소이다, 순호스님. 어찌보면 그 아이를 이 곳으로 데려오는 게 그 애를 위해서도 가장 좋은 일인지 모르겠소이다. 데려오도록 하시지요, 그 아이를……."
　어둠이 채 걷히지 않은 이른 새벽부터 시작한 성철스님과의 의논은 해가 중천에 떠 있을 때에야 비로소 결론이 났다. 순호스님은 속가에 있는 진주의 친지를 통해서 둘째딸 인순이를 마침내 산으로 데려오도록 했다.

11
질기고 질긴 숙세(宿世)의 인연

훗날의 청담, 순호스님은 어머니의 간절한 소망으로 인한 한 번의 파계가 늘 마음에 걸렸다. 장장 10여년에 걸친 고행을 통해 처절한 참회를 했음에도 불구하고 마음은 늘 천근의 쇳덩이를 짊어진 것처럼 무거웠다. 그렇다고 해서 스님은 결코 자랑일 수 없는 이 파계행위를 굳이 숨기려하지는 않았다. 그래서 성철스님에게 자신의 처지를 허물없이 털어놓고 의논했던 것이다.

순호스님의 깊은 뜻을 헤아린 옛 아내 차씨부인은 둘째딸 인순이를 타일러서 흔쾌히 보내주었다. 순호스님이 어머니를 삭발출가시키기 위해 마지막으로 진주 속가에 들렀을 때 둘째딸 인순이는 아홉 살이었다. 인순이는 어느덧 다 큰 처녀가 되어 단 한 번도 아버지라고 불러보지 못한 스님에게 인사를 올렸다.

"……그래 ……네가 인순이더냐?"
"……예, 스님."
"먼길 오느라고 고생이 많았겠구나, ……고단하지?"
"아, 아니옵니다. 스님, 괜찮습니다."
"네 어머니는 잘 계시구?"
"……예."
"네 언니도 별일 없구?"
"예, 스님."
옆에서 아버지와 딸의 만남을 지켜보고 있던 성철스님이 끼어들었다.
"그렇게 말끝마다 스님, 스님 하지말고 아버지라고 한 번 불러봐라, 인석아!"
성철스님의 말에 인순이는 훌쩍거리며 억지로 눈물을 삼키고 있었다. 성철스님은 계속했다.
"아, 어서 한번 불러봐. 여기 계신 이 스님이 바로 네 아버지시다."
고개를 숙이고 다소곳이 앉아있던 인순이는 울먹이는 목소리로 겨우 입을 열었다.
"……아버지라고 부르면 안 된다고 하셨습니다."
"……누가 ……그렇게 이르더란 말이냐?"

순호스님이 딸아이를 쳐다보며 말했다.
"어머니께서요……."
"느이 어머니께서 스님이라 부르라고 그렇게 이르셨단 말이냐?"
"……예……."
성철스님은 목을 뒤로 젖혀 한바탕 웃고나서 말했다.
"허허…… 장보다 뚝배기 맛이라더니, 늬 어머님이 늬 아버지보다 한 수 위시로구나. 그래, 응? ……자, 오늘은 고단할 테니 날 따라 오너라. 이 스님이 쉴 방을 가르쳐주마. ……그만 일어나."
"……예, 그럼 편히 쉬십시오, 스님."
둘째딸 인순이는 끝내 아버지라 부르지 않고 자리에서 일어났다.
"……그래, 그 스님 따라서 가거라."
성철스님이 인순이를 데리고 객실로 간 뒤, 순호스님은 방을 나와 뒷뜰에 서서 하늘을 쳐다보았다. 두 눈에는 어느새 뜨거운 눈물이 고여 별빛에 빤짝이고 있었다. 인순이를 산에 데려오기는 했으나, 순호스님은 자신의 입으로 딸에게, 머리깎고 여승(女僧)이 되라는 말은 차마 꺼낼 수가 없었다. 아버지로서의 괴로움을 누구보다도 잘 이해하고 있었던 것은 성철스님이었다. 성철스님이 순호스님 대신 이 괴로운 역을 떠맡아 주었다.
"애야, 나 좀 보거라."
"예, 스님……."

"너 거기서 무얼하고 있었더냐?"
"뻐꾸기 소리를 듣고 있었습니다."
"그 뻐꾸기 소리가 즐겁게 들리느냐, 슬프게 들리느냐?"
"구슬프게 들립니다. 스님."
"구슬프게 들린다?"
"……예, 스님."
"네 이름이 인순이라고 했더냐?"
"예. 어질 인자, 순종할 순자 인순이옵니다."
"이번에 네 아버지는 몇 번째 뵙는 것인고?"
"……세 번째 뵙는 것 같습니다."
"세 번째라구?"
"예……처음에는 세 살적인가 네 살적에 한 번 뵈었구요……두 번째는 할머니 모시러 오셨을 때 뵈었구요……."
"……그래, 아직 한 번도 아버지라 불러보지 못했었느냐?"
"……예."
성철스님은 한동안 아무 말이 없었다.
"인순아……."
"……예, 스님."
"너 여기 올 때, 네 어머니가 뭐라고 하시면서 가라고 하시더냐?"

"아버지이신 순호스님께서 널 한번 보고싶어 하시니 다녀오너라, 그렇게 말씀하셨습니다."

"그밖에 달리 무슨 말씀은 없으셨느냐?"

"예…… 하지만 스님이라고 불러야지 아버지라고 부르면 안 된다고 몇 번이나 다짐을 주셨습니다."

"그래……그러셨구나……헌데말이다, 인순아…….'

"예, 스님."

"네 아버지하고 나는 물을 부어도 새지않는 그런 사이다…… 말하자면 그렇게 흠허물이 없이 아주 가까운 사이라는 얘기다."

"……예……."

"내 그래서 하는 얘기다만, 너…… 여기서 머리깎고 공부하는 게 어떻겠느냐, 응?"

"……예에? 절더러 머리깎고 여승이 되라구요?"

성철스님은 언젠가는 꼭 해야될 말을 하고야 말았다. 인순이의 표정은 놀라면서도 눈동자는 빛나고 있었다.

어른들의 깊은 뜻을 짐작도 하지 못한 채, 그저 스님이 되어 계시는 아버지께서 보고싶다 하시니, 다녀오라는 말만 듣고 절에 찾아왔던 둘째딸은 성철스님의 얘기를 듣고 나서야 이상하다는 생각이 들었다.

"……아니 스님, 스님께서 방금 저에게 뭐라고 말씀하셨나요?"

"놀랄건 없다. 널더러 꼭 머리를 깎고 여승이 되라는건 아니니까
……."
"하지만, 방금 그렇게 말씀하셨잖아요. 스님?"
"얘, 인순아."
"……예 스님."
"인순이 너는 진주에 살면서 앞으로 어떤 일을 할 계획이었느냐?"
성철스님은 슬쩍 말머리를 돌렸다.
"어떤 일을 할 계획이라니요?"
"시집을 가려고 마음 먹었다든가, 아니면 집에서 어머니 농사일을 도우려 했다든가, 공부를 더 계속하고 싶었다든가 하여튼 무슨 생각이 있었을 것 아니냐? 그렇지?"
"……예."
"그래, 어떤 생각을 하고 있었는고?"
"……상급학교에 진학해서 공부를 더 많이 하고 싶었어요. 가정형편이 허락만 한다면요……."
인순이는 손가락을 만지작거리고 있었다.
"그래……그것 참 좋은 생각을 했다. 하지만 세상 일은 그렇게 제마음대로만 되는 것이 아니란다.
"……예 스님, 저도 이제는 그걸 알아요. 이만큼 절 키우시느라

고 어머니 혼자 얼마나 고생을 많이 하셨는데요…….”
 "그래, 네 어머니께서 정말 고생이 많으셨을게야. ……그리고 또 요즘 세상 살아나가기가 갈수록 어려워지고만 있다.”
 인순이의 눈망울에는 금방이라도 쏟아 내릴 듯한 눈물이 그렁그렁 고여 있었다. 상급학교에 진학하고 싶지만, 어려운 가정형편으로 포기해야 했던 소녀의 마음이야 오죽하랴. 성철스님도 인순이의 속마음을 헤아리고 있는 듯, 얼른 말을 잇지 못하고 있었다. 뒷짐을 진 채 먼산만 바라보고 있을 뿐이었다.
 고개를 숙인 채 손가락을 만지작거리고 있던 인순이가 먼저 입을 열었다.
 "……그러면 저는 앞으로 어떻게 해야 되나요, 스님?”
 인순이의 목소리는 알지못할 두려움에 떨고 있는 것 같았다. 물기에 젖어있는 눈망울은 맑았지만 눈동자 역시 가늘게 떨고 있었다. 이러한 인순이의 얼굴을 내려보면서, 성철스님은 대뜸 물었다. 너무나 갑작스런 질문이었다.
 "혼인을 하겠느냐?”
 "아녜요 스님, 그런건 아직 꿈에도 생각해본 적이 없어요.”
 성철스님은 목을 한번 가다듬고 나서 말을 계속했다.
 "……그래서 얘기다만, 절에서 공부를 하게되면 시집을 안 가도 되고, 게다가 절에서 배우면 일본 유학가는 것보다도 더 많은 것을 배울 수가 있어."

"정말 절에서도 공부를 배울 수 있나요, 스님?"

"암, 배우고 말고……불경도 배우고 공자, 맹자, 장자도 배우고 어디 그뿐이겠느냐? 역사, 지리, 철학에 붓글씨까지 다 배울 수 있지……너 참 이거 한번 읽어보아라."

성철스님은 주머니에서 종이쪽지를 꺼내 펼쳐보였다. 그 종이에는 '평양(平壤)'이라는 한문 두 글자가 적혀있었다.

"이건 〈헤이죠〉라고 배웠는데요, 스님."

"그것봐라, 일본놈들이 우리 아이들 말짱 다 버려놨어. 너희들은 학교에서 조선말은 한 글자도 배우지 못했지?"

"……예, 스님."

"이건 〈평양〉이라고 읽어야 하는데 왜놈들 식으로 〈헤이죠〉라고만 가르쳤으니, 어디 이것뿐이겠느냐? 일본아이들이 우리 역사도 날조를 해서 거짓으로 가르쳤어. 공부를 배우더라도 바른 공부를 배워야 하는게야."

"그럼 스님, 제 아버님 의향도 같으신가요?"

"……글쎄다, 그건 인순이 네가 직접 한번 여쭤보도록 하는게 어떻겠느냐?"

"예 스님, 그럼 제가 한번 여쭤보도록 하겠습니다."

저녁공양을 마치고나서, 순호스님은 둘째딸 인순이와 마주앉게

되었다.
"그래, 철스님의 말씀을 잘 들었단 말이지?"
"……예, 스님."
"그러면 인순이 네 생각은 과연 어떠한고?"
"……저에게 더 많은 공부를 시켜 주시기 위해서 절에 있으라고 하시는 건가요. 스님?"
인순이는 묻는 말에 곧바로 대답을 하지않고 오히려 반문했다.
"꼭 그것만은 아니다만……."
"그러시면 시집가지 않도록 하기 위해서 그러시는 건가요?"
"물론 그것도 한 가지 이유가 되겠다마는 꼭 그 때문만은 아니야."
"하오면 또 다른 까닭이 있으신가요 스님?"
해야할 말을 얼른 꺼내지 못하고 말꼬리를 흐리는 순호스님 앞에서, 인순이는 꼬치꼬치 캐물었다. 순호스님이 생각해 왔던 것 보다는 훨씬 끈질기고 대담한 면이 있었다.
"……여자가 혼인을 해서 시부모 모시고 남편 봉양하고 자식들 키우며 일가를 이루고 사는 것, 물론 그것도 좋은 일이겠지만 거기에는 온갖 근심걱정이 그칠 날이 없는 법. 난 네가 부처님 제자가 되어 평생토록 부처님 시봉하며, 부처님 가르침을 배우고 깨달아 저 사바세계에서 고통받는 중생들을 따뜻히 보살펴주고 구해주는 그런 수행자가 되었으면 좋겠구나…… 내 생각은…….”
"하오면 절더러 머리깎고 여승이 되라는 말씀이시옵니까요, 스님?"
"어거지로 수행자가 되라는 건 아니다. 며칠 더 쉬면서 잘 한번 생각해 보아라."
다음날부터 인순이는 성철스님으로부터 조선역사를 배우기 시작했다. 서양역사 동양역사까지도 재미있고 알기쉽게 비교해가며 설명해주는 성철스님의 해박한 지식에 인순이는 그만 넋을 잃을 정도였다. 뿐만 아니라, 홍경스님은 인순이에게 붓글씨를 지도했는데, 한 획, 한 획 붓을 놀리며 글자를 배우는 재미에 인순이의 마음은 달라지기 시작했다.
어느 날 성철스님은 인순이를 불렀다.
"얘, 인순아."
"예, 스님."
"인순이 너는 나만 믿으면 된다."
"……제가 스님을 어떻게 믿어요?"
"아, 인석아. 네 아버지하고 나는 물을 부어도 새지 않을만큼 가까운 사이라고 하지 않았느냐?"
"하오면 뭘 어떻게 믿으라는 말씀이신지요, 스님?"
"뭘 어떻게 믿느냐구?"

"……예, 스님."

"허허, 이 녀석. 누가 순호스님 딸 아니라고 할까봐서 이렇게 야무진 소리를 하는게야? 인석아, 날 믿어……너 고등여학교……아니지, 일본 대학에 유학한 것보다도 더 높고 깊고 넓은 공부를 가르쳐 줄 테니 나를 믿으란 말이다."

"정말이시지요, 스님?"

"허허, 글쎄 날 믿으래두 그래…… 그리고 인석아, 절에서 공부를 하게되면 세속학교……아니지 대학교에서도 못배우는 공부를 배우게 되는게야……너 그 공부가 무슨 공부인지 아느냐?"

"……모르겠는데요, 스님."

"절에서 공부를 잘 배우면 이 세상 모든 근심걱정을 다 벗어나는 법을 깨닫게 되는게야. 알겠느냐?"

"……그럼 스님. 이 절에서 머리를 깎고 여승이 되어 공부하라는 말씀이신가요?"

"아, 아니다. 이 절은 네가 보다시피 남자스님들만 수행하는 곳이고, 여자스님들만 모여서 공부하는 절이 따로 있느니라."

"여자스님들만 계시는 절에 가라구요, 스님?"

"그럼, 공부를 하려면 거기를 가야지."

"……이 절에 있으면 안 되나요, 스님?"

"아, 여기는 남자스님들만 살아야 하는 절이래두 그러는구나.

"…왜, 네 아버지 곁에 있고 싶어서?"

"그, 그것두 있지만은……여자 스님들만 계시는 절은 무서워서요, 스님."

"무섭긴 인석아, 다 큰 녀석이 무엇이 무섭다고 그러느냐?"

"……저 사실은요 스님, 진주 저희집 근처에 있는 절에 가봤는데요, 여자스님들만 사시는 절 말씀예요, ……그 절에서 보니까 나이 많은 노스님이 어린 여자스님을 부지깽이로 마구 때리더라구요……."

"허허……이런 녀석을 봤나. 더러는 그런 절도 있고 그런 스님도 있는게지. 그러니까 너같이 야무진 여자가 훌륭한 비구니스님이 되어서 그런 절도, 그런 스님도 없도록 해야지……내가 보기에는 네가 틀림없이 훌륭한 비구니스님이 될게구 훌륭한 교육자가 될게야, 내 말 알겠느냐?"

"……예 스님, 며칠만 더 여유를 주십시오. 다시 한번 곰곰이 생각해 보겠습니다."

순호스님은 둘째딸 인순이가 삭발출가하여 스님이 되기를 간절히 빌고 있었지만, 강요할 수는 없는 노릇이었다. 순호스님은 그동안의 딸의 속마음이 궁금해졌다.

"그래 아직도 딱부러지게 대답을 안 하더란 말씀이오?"

"그 아버지에 그 딸이라더니, 이건 그냥 쏙 빼다놓은 순호스님이

야······.”
 "허허, 그 아이 어디가 어째서 날 쏙 빼닮았다는게요, 그래?”
 "야무지고 당차기가 아버지보다도 한 수 위라니까 그래요. ······ 두고보면 알겠지만 똑똑한 딸 하나 두셨소이다.”
 성철스님의 말을 듣고나서 순호스님은 빙그레 웃었다.
 "허허, 거 칭찬인지 핀잔인지는 모르겠지만 듣기에 과히 나쁘지는 않구면 그래요, 응? 허허허······.”
 인순이가 쌍련선원에 머무른 지 열흘째 되는 날이었다.
 "저, 스님, 스님.”
 문 밖에서 부르는 소리가 들렸다. 순호스님이 방문을 열고 내다보니, 뜰에 서 있는 것은 인순이였다.
 "어, 너 인순이로구나, 왜 그러느냐?”
 "드릴 말씀이 있어서요······.”
 "어, 그래······어서 들어오너라.”
 아버지와 딸은 촛불아래 마주 앉았다. 아버지가 먼저 입을 열었다.
 "그래 무슨 말이던고?”
 딸은 쉽게 입을 열려고 하지 않았다. 잠시 침묵이 흘렀다. 역시 아버지가 먼저 입을 열었다.
 "할말을 해 보아라······.”

입술을 꼭 다물고 있던 딸은 그제서야 두 입술을 떼었다.
"저……머리깎고 공부하겠습니다, 스님."
"무, 무엇이라구? 머리깎고 공부를 하겠다구?"
아버지는 가까이 다가앉아서 딸아이의 두 손을 꼬옥 감싸 쥐었다. 순호 스님은 둘째딸 인순이의 얘기가 결코 쉽사리 튀어나온 말이 아니라는 것을 확인할 수 있었다.

12
둘째 딸도 삭발출가 비구니로

 둘째 딸이 스스로 결심하여 삭발출가 하겠다고 말하자, 순호스님은 길게 숨을 내쉬었다. 안도의 한숨이었다.
 "그래, 인순이 네가 정녕 삭발출가하여 득도하겠다는 말이냐?"
 "예, 스님."
 "……잘 생각했다. 그런데 말이다, 인순아……."
 "예, 스님."
 "진주에 있는 네 어머니가 반대를 하면 어쩌지?"
 "어머니께서 반대하시지는 않으실 거예요. ……하지만 미리 연락을 하시지는 마십시오, 스님."
 "미리 연락을 하지말자?"
 "제가 머리깎고 출가한 후에 소식을 올려도 늦지는 않을 것이옵니다."
　순호스님은 가만히 고개를 끄덕였다.
　"……그래, 네 생각이 그렇다면 그렇게 하도록 해라."
　"……하온데 스님."
　"왜?"
　"……저는 스님의 딸이옵니다. 하온데 스님께서는 당신의 딸이 삭발출가 하겠다는데 정말 마음이 편하시옵니까?"
　"잘못이 많은 속가의 아버지로서 어찌 마음이 편안하기만 하겠느냐, 열 가지 백 가지 생각이 오락가락 했느니라. ……허나 여자가 혼인을 해서 집을 떠나는 것도 출가라 하고, 삭발득도하는 것도 출가라 하지만, 혼사를 올리고 출가해서 집을 떠나는 것은 온갖 근심 걱정을 등에 짊어지고 괴로움의 바다로 들어가려는 것이요, 삭발득도하여 출가하는 것은 해탈의 길로 들어서는 것이니 이보다 더 좋은 일이 또 어디에 있겠느냐?"
　"……하오면 스님, 삭발출가한 후에는 대체 세상을 어떻게 보는 것이 옳은 것이 되겠습니까?"
　"너도 이제 수행을 해 나가노라면 차차 알게 될 것이다마는, …물거품 같다고 세상을 보아라. 아지랭이 같다고 세상을 보아라. 풀잎 위에 이슬 같다고 세상을 보아라. 이 세상 모든 부귀영화, 그것이 모두 덧없는 뜬구름 같은 것이니라……."

"부귀영화 모두가 덧없는 뜬구름 같다구요, 스님?"

"……세상사람들은 모두들 내 땅, 내 집, 내 자식, 내 돈, 내 벼슬이라고 우기면서 욕심을 내고 아귀다툼을 하며 살지만 머지않아 인연이 다해 숨이 끊어지면 제 몸뚱이마저 흙 속에 버리고 가야하는 것, 거기에 진정한 나의 것이 어디 있겠느냐……."

"하오면 출가수행자가 구해야 할 것은……."

"오직 출가수행자가 구하고 찾아야 할 것은 맑디 맑은 마음뿐이니, 이는 마음이 곧 부처이기 때문이니라……."

순호스님과 인순이의 대화는 밤이 깊도록 계속됐다. 어느새 인순이는 스님이 하는 말을 조금씩 이해해가고 있었다. 다음날, 청담스님과 성철스님은 인순이를 데리고 비구니스님들이 수행정진하고 있는 윤필암(潤筆庵)으로 내려갔다.

윤필암으로 통하는 산길을 걷고있자니, 뻐꾸기들이 울어댔다.

"얘, 인순아."

성철스님이 불렀다.

"예, 스님."

"바로 저 아래 보이는 암자가 윤필암이다."

"예……."

"저 윤필암 식구만해도 30명은 될게야……."

"……그렇게 많습니까요. 스님?"

"그래, ……그리구 저 윤필암에는 네가 스승으로 모실만한 비구니가 여럿 있으니 법희스님, 덕수스님, 영선스님, 보현스님, 그리고 월혜스님이 있느니라."

"……예."

"그 가운데서 은사 한 분을 정해야 할 것이니 그리 알고 있어야 할 것이다."

"……예, 스님."

청담스님의 둘째딸 인순이는 성철스님의 말에, 그저 고개만 끄덕이면서 짧게 대답할 뿐이었다.

인순이는 윤필암에 내려와 한 달을 보내고나서 스스로 월혜비구니를 은사로 모시기로 결정했다. 이 사실을 전해들은 청담스님이 물었다.

"그래 월혜비구니의 상좌(上座)가 되고 싶다구?"

"예……."

"무슨 까닭으로 월혜비구니의 상좌가 되고 싶은고?"

"……예, 말씀드리기 죄송하오나 다른 비구니스님들은 모두 재산이 있어서 자비량으로 쌀 소두 서 말씩을 가져오신다고 합니다. 그런데 월혜스님만은 워낙 가진 게 없으셔서 스스로 잡수실 자비량을 내놓지 못하시니, 그 대신 유나소임(維那所任 ; 절의 사물을 맡고 모든 일을 지휘하는 소임)을 맡고 계시온데……가르침이 반듯

하시고 자애로우셔서 웬지 마음이 끌리는 분이옵니다……."

"으음……그래, 그런 까닭으로 월혜비구니의 상좌가 되고싶단 말이지?"

"……예."

딸아이의 이야기를 듣고난 청담스님은 얼굴 가득 흡족한 미소를 띠었다.

"……사실은 나나 성철스님도 월혜비구니를 네 은사로 정해주고 싶었는데, 마침 잘 됐구나."

마침내 인순이는 윤필암 월혜스님을 은사로 삭발출가하게 되었다. 월혜비구니와 법희비구니가 가위로 긴 머리를 잘라주고, 덕수비구니가 삭도질을 해주었다. 성철스님은 법명을 지어주고 사미니계(沙彌泥戒)를 설했다. 성철스님이 내린 법명은 '묘엄'이었다.

둘째 딸을 삭발출가시켜 이제는 인순이가 아닌 묘엄이란 법명을 몇 번 불러보고, 청담스님은 성철스님과 함께 대승사로 올라가고 있었다. 은은한 범종소리가 문경 사불산 가득 울려퍼지고 있었.

산새가 지저귀는 숲길을 걸으면서, 성철스님은 뒤를 돌아보며 청담스님에게 말을 건넸다.

"스님은……그래, 기분이 대체 어떠하시오?"

"기분이 어떠하다니 그건 또 무슨 말씀이신고?"

"아, 파계를 해서 얻은 딸을 삭발출가시켜 부처님 제자로 만들었으니 그 소감이 어떠시냐는 말씀이지요."
"……딸을 출가시키고 난 소감이 어떠하냐?"
"시원 섭섭하실게야, 아마……."
"내가 오늘 삭발한 기분이로구먼."
"……삭발한 기분이다?"
"내가 처음 삭발했을 때처럼 그렇게 아주 개운하다는 말씀이야…… 부처님께 진 빚, 백분의 일 쯤은 갚은 것도 같구."
"헌데 말씀요, 스님……."
"왜?"
"묘엄이 저 아이 말씀예요. 머리 깎아놓고 찬찬히 뜯어보니까……."
"……찬찬히 뜯어보니까 어떻더란 말씀인고?"
"아무래도 저 아이, 한 몫 단단히 할 아이 같습니다."
"……글쎄……제발 그랬으면 얼마나 좋겠는고……."
"두고보시오. 틀림없이 한 몫 단단히 해낼 거목으로 자랄게요."
"거목으로 자랄지, 서까래감으로 자랄지 그거야 성철스님 손에 달린 것 아니겠는가?"
"아, 아니, 내 손에 달렸다니요?"
"아, 법명을 내렸겠다, 사미니계를 설해 주었으면 키우는 것도 그쪽 책임인게야. 그렇지 않단 말씀이신가?"

"허허⋯⋯이거 졸지에 큰 짐을 떠맡게 되었소이다, 그려. 응, 허허⋯⋯."

청담스님은 성철스님과 즐겁게 얘기를 나누면서 산길을 올라갔다. 딸을 삭발출가시킨 청담스님은 그 어느 때보다도 얼굴표정이 밝았다.

묘엄수좌는 덕수스님으로부터는 한글을 배우고, 월례스님으로부터 경(經)을 배우고, 성철스님으로부터 참선하는 법을 배워가며 수행을 시작했다. 공양주 노릇을 해가며 수행정진하는 묘엄의 모습이 청담스님에게는 늘 애처롭게 보였다. 청담스님은 가끔씩 윤필암에 내려와 묘엄에게 몇 번이고 다짐을 하는 것이었다.

"얘, 묘엄아."

"예, 스님."

"공양주 노릇, 채공노릇 할만 하느냐?"

"예, 고되긴 해도 견딜만 합니다, 스님."

"그래, 그만한 일은 견뎌내야지. 부처님은 설산에서 고행을 6년이나 하셨단다."

"예 스님, 잘 알고 있사옵니다."

"그리고 한 가지 더 알아두어야 할 것이 있으니, 절에서 하는 공부란 책을 보는 것만이 공부가 아니요, 참선만 하는 것이 수행이 아니며, 쌀 씻고 불지피고 채소 다듬고 나물 무치고 청소하고 빨래하는 것이 모두 공부요 수행이니라."
 "예 스님, 명심하겠습니다."
 "뿐만 아니라, 앉고 서고 말하고 걷고 자리에 놓고 일어나는 것, 이것들이 모두 다 공부요 수행이니 발걸음 하나, 말 한 마디도 각별히 조심해야 하는 것이다."
 "예 스님, 명심하겠습니다."
 "……그리고 절살림은 여러 대중이 모여사는 것이니, 화합을 깨뜨리는 말, 이간시키는 말, 남을 헐뜯는 말은 결코 해서는 안 되느니라."
 "명심하겠습니다."
 묘엄의 대답하는 태도로 보아서는 안심해도 될 듯싶지만, 행여 수행이 고달퍼서 도중에 그만두지 않을까 하는 걱정이 앞서서 타이르는 것이었다.
 "얘, 묘엄아."
 "예, 스님."
 "수행을 제대로 하는 것은 쉬운 노릇이 아니다. 몸이 고달프고 잠도 모자라고 먹는 음식도 부실하고 잠자리도 불편하고……그러다가 지치고 지치면 공부도 아니되고……그렇게 되면 문득문득 하산(下山)하고 싶을 때가 누구에게나 있는 법, 바로 그때를 견디내지 못하면 수행자 노릇은 더 이상 못하게 된다."

"……예, 스님."

"허나 세속에 돌아가서 인연에 얽히면 대자대비한 큰 사랑은 떨칠 수가 없는 법……."

청담스님은 지그시 눈을 감고 손에는 단주를 굴리면서 계속 말을 이어갔다.

"……내가 보통학교에 다닐 때였다. ……그날은 학교에서 사탕이며 떡이며 과일을 나누어 주었는데, 나는 그 사탕이며 떡이며 과일을 내 여동생들 갖다 주려고 먹지않고 주머니에 넣은 채 집으로 돌아오는 길이었다.……그런데 도중에서 불쌍한 거지노인을 만나게 됐었구나. 사탕이며 떡이며 과일을 저 불쌍한 노인에게 주어야지 하고 주머니에 손을 집어 넣었는데……바로 그 순간, 사탕이며 떡이며 과일을 갖다주면 좋아할 여동생들 얼굴이 떠오르는 것이었다. ……그래서, 저 불쌍한 거지노인에게 줄까, 동생들에게 갖다줄까 한참 망설였지만 나는 결국 집으로 가지고 와서 동생들에게 주고 말았구나.…… 세속 인연에 얽히면 작은 정에 이끌려서 크고 평등한 보시(布施)를 할 수가 없는 게야.…… 내 말 알아듣겠느냐?"

"예 스님, 명심하겠습니다."

둘째딸 인순이마저 삭발출가하여 수행자가 되었다는 소식을 전해들은 진주 속가의 차씨부인은 허전한 마음을 가누지 못하고 곧바로 윤필암으로 달려왔다.

"그래, 묘엄수좌는 만나보셨소?"

몇 개월 만에 다시 보게된 청담스님은 예전의 건강을 많이 되찾아가고 있었다. 차씨부인은 우선 반갑고 기뻤다.

"예, 스님······하룻밤 그 암자에서 자고 올라오는 길이옵니다."

"보시다시피 이 절은 비구승들만 수행하는 곳, 보살이 오실 곳이 아닙니다. 그 아이 묘엄이를 만나보셨거든 그 길로 바로 내려갈 것이지, 어쩌자고 여기까지 올라오셨단 말씀이오 그래?"

청담스님은 먼 길을 찾아온 차씨부인에게 핀잔을 주듯이 무뚝뚝하게 말했다.

"저 아이 인순이가 마음에 걸려서요······."

차씨부인은 꺼져 들어가는 목소리로 겨우 변명을 했다.

"이제는 저 아이 이름이 인순이가 아니라 묘엄이니, 그렇게 부르도록 하시오."

"······예 스님, 그렇게하지요. 하지만 묘엄이 저 아이 일이 자꾸 마음에 걸려서요······."

차씨부인은 여전히 묘엄이가 걱정된다는 대답만 했다.

"무엇이 그리 마음에 걸린다고 그러시는게요?"

"······대체······저 아이를······언제까지 저렇게 여승을 시킬 작정이십니까?"

"······아마도 평생도록 저렇게 살게 될 것이오."

 "……예에? 평생도록이라니요? 아니 그러시면…… 잠시동안만 데리고 있으려고 머리를 깎아 주신 게 아니란 말씀이시온지요?"
 "……꼭 그 까닭만은 아니었지요."
 차씨부인은 가슴이 철렁 내려앉는 것 같았다.
 "……아니, 세상에 그러면…… 나 혼자 어찌 살라는 말씀입니까, 스님…… 예?"
 놀라는 옛 아내를 향해 청담스님은 비정하리만큼 냉담하게 말했다.
 "……저 아이, 묘엄수좌 걱정은 이제 그만 하시고 ……좋은 데 있으시거든 개가를 하시던지……."
 "예에? 아니 세상에 스님…… 방금 뭐라고 말씀하셨습니까요? ……예?"
 "그게 싫으시면 보살도 삭발출가해서 부처님 제자가 되시는 게 어떻겠소?"
 옛 남편의 말을 듣고있자니, 갈수록 태산이었다. 차씨부인은 어이가 없었다. 한편으로는 분하다는 생각도 들었다.
 "예에? 저까지도 머리깎고 여승이 되라구요?"
 "강요하는건 아니니 오해하지 마시오. 이제는 그저 마음 편히 사시라는 그런 말이외다."
 "……전 아직 모질지 못해서 차마 머리는 깎지 못하겠습니다, 스님······전 못하겠어요."
 그럼에도 불구하고 청담스님의 옛 속가부인은 삭발출가한 둘째 딸의 일이 늘 마음에 걸려서 옷을 해오거나 먹을 것을 만들어 윤필암에 자주 찾아오는 것이었다. 차씨부인의 이러한 행동이, 청담스님으로서는 여간 괴로운 노릇이 아니었다. 괴로운 일이 있으면 늘 그랬듯이 이번에도 성철스님을 의논 상대로 삼았다.
 "나 좀 보시오. 철(澈)스님."
 "왜 그러십니까 스님?"
 "묘엄이 어머니가 윤필암에 너무 자주 오는 모양인데······."
 "그렇지 않아도 내가 한 마디 하려고 하던 참이었지요······. 이렇게 되면 묘엄이가 세속을 떠난 것도 아니고 안 떠난 것도 아니고······."
 "그래서 내 스님한테 부탁을 하려는 게요."
 "부탁이라니요?"
 "내가 오지말라 하면 야속하다 할 것이니, 스님이 좀 단단히 일러주시오. 이렇게 자주 속가의 식구가 들락거리면 묘엄이에게도 좋은 일이 아니요, 보살한테도 좋은 일이 아니요, 나에게도 또한 좋은 일이 못된다고 말이오."
 "······이거 남의 집안 일에 나설 일은 아니지만 아무튼 내가 한번 만나서 단단히 말씀을 드리도록 하지요."

결국 성철스님이 어려운 일을 떠맡고 나섰다.
"……보살님, 먼길 오시느라고 고생이 많으셨겠습니다."
"아, 아닙니다. 고생은요…… 하는 일이 없으니 오고 가는게, 이게 낙이지요……."
"그런데 말씀이예요, 보살님……."
"예, 스님."
"보살님께서 이 사불산에 들어오시면 모두들 뭐라고 그러는줄 아시고 계십니까?"
"……무슨 말씀이신지요, 성철스님?"
"보살님께서 오시면 모두들 묘엄수좌의 어머님께서 오셨다, 이렇게 말하겠습니까? 아니면 순호스님의 부인께서 오셨다, 이렇게 말하겠습니까?"
"……그 ……그야 묘엄이 어미가 왔다고들 그러시겠지요, 스님."
성철스님은 짐짓 능청을 떨며 한바탕 웃었다.
"허허…… 이런, 그게 아니니까 탈이지요, 보살님."
"……그 ……그게 아니라니요, 스님?"
"보살님께서 이 사불산에 오시기만 하면 모두들 이렇게 말합니다. '순호스님의 옛 부인이 오셨다!'"
"……원 ……세상에……."

차씨부인의 얼굴은 금방 빨갛게 달아올랐다.
"어디, 그뿐인줄 아십니까? 어떤 수좌녀석들은 저희들끼리 킬킬거리면서 '견우와 직녀가 또 만나게 되었다' 이렇게들 말한답니다."
"……아이구……원……세상에, 무슨 그런 망칙스런 말씀들을 다……."
"그래서, 보다못해 제가 말씀드리는 겁니다만, 보살님……."
"……예, 스님."
"묘엄이를 위해서나 스님을 위해서나 보살님을 위해서나 너무 자주 이 곳에 오지 않으셔야 합니다. 아시겠습니까?"
"……예, 스님. 이제 다시는 안 오겠습니다."
청담스님의 옛 아내 차씨부인은 또 한번 눈물을 삼키면서 산에서 내려갔다.

13
지옥과 극락이 마음 하나에 달렸으니

청담스님은 경상북도 문경군 사불산 대승사 쌍련선원에서 성철스님, 홍경스님, 종수스님, 도우스님 등과 함께 8·15 해방을 맞았다. 조국은 일본의 식민지 통치에서 벗어났지만, 진정한 독립은 이루어지지 않았으니, 사찰다운 사찰은 여전히 왜색승려들의 손아귀에서 벗어나지 못하고 있었다.

해방된 지 일 년이 지나서, 청담스님은 성철, 종수, 홍경, 도우스님 등과 함께 거처를 옮기기로 마음먹었다. 새로운 목적지는 경상북도 문경군 가은면 원북리 희양산에 있는 봉암사(鳳岩寺)였다. 봉암사는 신라 헌강왕 5년에 지증(智證)국사가 창건한 천년고찰이었다. 대승사 쌍련선원에서 수행하던 스님들이 모두 봉암사로 옮겨간다는 소식을 들은 윤필암의 묘엄수좌는 다급히 성철스님을 찾아왔다.

"아니 스님, 정말로 스님들께서 모두들 봉암사로 떠나시옵니까?"

"그래, 봉암사로 옮기기로 했다."

"하오면 스님, 저희 윤필암 대중들은 어찌 하시구요?"

"봉암사 말사(末寺) 가운데 백련암(白蓮庵)이라고 있는데, 그 암자를 비구니들을 위해 내줄 것이니 오고싶은 수좌들은 오도록 해라."

"아이구 스님, 정말이시지요?"

"아 그럼, 정말이고 말고."

"……하오면 우리 윤필암 대중들이 모두 가도 되는 것이옵니까요?"

"아, 아니다. 저 많은 윤필암 식구들을 다 데리고 갈 수는 없고 ……백련암은 아주 작은 암자야. 그러니 꼭 오고싶은 수좌들…… 참선수행 열심히 할 수좌들만 오도록 해라."

"예 스님, 감사합니다. 저는 스님들께서 이 묘엄이를 아주 떼어 놓고 가시는 줄 알고 앞이 캄캄했었습니다."

"에이끼, 녀석! 이제는 절밥을 먹을 만큼 먹었거늘 언제까지 아버지 그늘 밑에서 지내려고만 하는고! 응? 허허허허……."

성철스님은 묘엄의 이마에 군밤을 주는 흉내를 내면서 껄껄 웃었

다.
 청담스님이 성철스님 등과 함께 봉암사로 갈 때 백련암으로 따라간 비구니는 묘엄, 묘찬, 제영, 지원 등 여섯이었다. 이 가운데 묘엄과 묘찬비구니는 백련암에서 봉암사 큰절까지 오르내리며 공부를 열심히 해 나갔으니 다른 스님들에 비해 그 열의가 두드러졌다. 그러나 이 무렵, 청정비구와 청정비구니들이 수행하고 있는 사찰이나 암자는 그야말로 끼니걱정을 해야할 만큼 어려운 지경이었다.
 성철스님이 먼저 한탄의 소리를 내뱉었다.
 "천년고찰에 저녁 먹을 양식이 없으니 세상이 도대체 어찌 되어 간다는 말인가……."
 "춘래불사춘(春來不似春)이라……봄은 봄이로되 봄같지 않다 했거니와, 우리 불교집안은 해방은 맞았으되 해방이 안 되었으니 이게 모두 저 왜색불교 탓이 아니고 무엇이겠소? 이 땅에서 왜놈들이 물러갔으니 우리 사찰에서도 왜색승려들이 물러나야 할 것인데, 물러가기는 커녕 오히려 더 큰 소리를 치고 있으니 답답한 일이로구려……."
 "제 생각엔 말씀입니다……이제부터라도 우리가 우리 불교를 제대로 이끌고 나갈 청정수좌(清浄首座)들을 양성하고 규합하고 가르쳐야 한다고 봅니다."
 "옳은 생각이오. 왜색으로 물든 승려는 수천 명인데, 청정비구와

비구니는 기백 명, 이래가지고서야 장차 이 나라 불교를 어찌 바로 잡을 수 있겠소이까?"
이때부터 청담스님과 성철스님은 가야산 해인사에 가야총림(伽耶叢林)을 설립하기로 뜻을 모으고 구체적인 계획을 수립해 나가기 시작했다.
"그러니까……가야총림 방장에는 저기 저 송광사에 계시는 효봉스님을 모시기로 하고……."
"운허스님과 춘원선생으로 하여금 강원(講院)을 맡으시게 하고……."
"자운스님과 종수스님에게는 율(律)을 맡으시도록 하는게 좋겠고……."
"홍경스님은 붓글씨를 지도하도록 하는 게 좋겠고……."
"음산스님, 보경스님은 살림을 맡도록 하면 좋을 것이고, 그리고 ……선방(禪房)은 아무래도 성철스님이 맡아주셔야겠고……."
"아, 아닙니다. 선방이야 스님이 맡으셔야지요."
"아니지. 나야 허물이 있는 몸, 나는 유나(維那)를 맡아 도와주면 될 것이오. 아, 참 그리고 법웅과 법전은 부전(佛殿)을 맡도록 하면 좋을 것이오."
불교의 백년대계를 위해 청담스님과 성철스님은 가야산 해인사에 가야총림을 세우기로 하고, 마침내 1947년 봄에 해인사를 찾아

갔다. 그러나 해인사에 당도해보니, 모든 여건이 생각했던 것과는 영 딴판이었다. 해인사의 운영실권을 쥐고 있는 측은 여전히 왜색 승려였고, 게다가 가야총림의 운영을 둘러싸고 모여든 많은 스님들의 뜻마저 제대로 맞지 아니했다.

먼저 역정을 낸 것은 성철스님이었다.

"이런 총림이라면 나는 차라리 손떼고 떠나겠습니다."

"허허, 왜 이러시오. 우리가 한번 더 참읍시다."

"난 봉암사로 돌아가겠습니다. ……어디 한번 더 참아보십시오……."

청담스님의 만류에도 불구하고 성철스님은 해인사 일주문을 나서고 말았다.

"아, 이것봐요, 철(澈)스님. 우리가 한번 더 참아보자니까…… 허허, 이런 낭패가 있나……."

그러나 성철스님은 뒤를 한 번 돌아보지도 않았다. 석암스님과 법웅수좌도 성철스님과 함께 해인사를 떠났다. 한편으로는 야속하다는 생각도 들었다. 그러나 청담스님은 가야총림의 원만한 운영을 위해 동분서주 했다. 그러던 그해 음력 9월이었다. 설법을 하기위해 며칠 출타했다가 돌아와보니 웬 젊은이가 청담스님을 만나뵙기 위해 며칠째 해인사에서 기다리고 있었다.

"그래, 바로 네가 나를 만나기 위해 며칠 동안 기다렸던 젊은이란 말이냐?"
 "예, 스님."
 "대체 무슨 일로 나를 찾아왔다는 말이던고?"
 "예……저는 스님의 제자가 되고싶어서 찾아왔습니다."
 "무엇이라구? 내 제자가 되고 싶어서 왔다?"
 "예."
 "그럼, 너도 삭발출가하여 수행자가 되고 싶단 말이더냐?"
 "그렇사옵니다, 스님."
 "그러면 너는 어디서 살았느냐?"
 "부산 동래에서 원예중학을 다녔습니다."
 "그런데 무슨 까닭으로 출가하겠다는 것이지?"
 "예. 저……몸이 별로 좋지 못해서 비로암에 머물며 휴양을 하고 있었사옵니다."
 "건강이 좋지 못해서 휴양을 하고 있었다고?"
 "예, 휴양도 하고 공부도 하고…… 그렇게 있었습니다."
 "그래서?"
 "그 암자에서 보니까, 스님들이 공부하고 계시는 모습이 아주 좋아보이고 부러웠습니다."
 "스님들이 좋아보이고 부럽더라?"
 "마음닦는 공부를 하신다는 스님들의 모습이 어찌나 부러운지 저

도 그 공부를 배우게 해달라고 간청을 했습지요."

"허, 그랬더니?"

"저에게 천수경(千手經)이라는 경책을 내주시며 외워오라고 그러셨습니다."

"천수경을 외우라구?"

"예, 그래서 그 천수경을 외우기 시작했는데, 정말 이상한 일이 었습니다."

"이상한 일이라니?"

"학교공부나 다른 책들은 아무리 외우려고 몸부림을 쳐도 외우기가 힘들었는데, 천수경만큼은 이상스럽게도 금방 외워졌으니까요."

"으흠……그러면 네가 그 천수경을 금방 외웠더란 말이냐?"

"예, 제가 하도 빨리 외우니까 그 스님께서 절더러 전생에 도를 아주 많이 닦은 모양이라고 칭찬해 주셨습니다."

"흐음 그래? 그래서 어떻게 됐느냐?"

"그래서 저도 삭발출가하고 싶다고 그 스님께 말씀드렸더니……해인사에 계시는 이순호스님을 찾아뵙고 그 분의 제자가 되라고 일러주셨습니다. 그래서 이렇게 스님을 뵙게된 것입니다."

"그, 그래? 그런데 도대체 그 스님이 누구시더란 말이냐?"

"예, 저 손경산스님이라고 그러셨습니다."

"으음, 경산스님이라……? 그래, 정녕 삭발출가하여 참된 수행자가 되고 싶으냐?"
"예, 스님. 허락하여 주시옵소서."
"나는 지금껏 상좌(上座)를 둔 적이 없거니와, 네가 내 첫 상좌가 될 것이니라."
"……감사합니다. 스님, 감사합니다."
아직 머리털이 길고 수염이 덥수룩한 젊은이는 청담스님 앞에 절 삼배를 올렸다. 청담스님의 첫 상좌가 된 젊은이는 나중에 정천(正天)이라는 법명을 받았다. 그런데 정천을 제자로 삼아 출가시킨 지 채 보름도 되기전에, 청담스님은 제자만을 해인사에 남겨둔 채 어디론가 훌쩍 떠나버리고 말았다. 바랑만 하나 짊어지고 해인사 가야총림을 떠나게 된 데는 여러 가지 복잡한 까닭이 얽혀 있었다. 그러나 청담스님은 누구를 탓하거나 원망하는 일이 없었다.
청담스님은 다시 문경 희양산에 있는 봉암사로 돌아왔다. 누구보다도 좋아하는 것은 묘엄수좌였다.
"스님, 묘엄이 문안드리옵니다."
"그래 그동안 공부는 잘하고 있었느냐?"
"예, 스님. 해인사에 머무시는 동안 따라가서 모실 수 없는 제 처지가 한스러웠습니다만, 이제 다시 돌아오셨으니 기쁘기 한량없사옵니다."

"묘엄아……."

"예, 스님."

"너는 이미 세속의 인연을 끊고 출가득도했거늘, 어찌하여 아직도 세속의 인연에 얽매여 망상을 떨쳐버리지 못하고 있느냐?"

"아니옵니다, 스님. 아버지와 딸, 세속의 인연에 연연해서가 아니라 스승을 가까이 모실 수 없는 제자라서…… 그것이 한스러울 뿐이옵니다."

"그만 되었느니라. 어서 돌아가서 수행을 계속해야 할 것이야."

"예, 스님. 편히 쉬십시오."

봉암사(鳳岩寺)에는 성철스님과 법웅수좌가 먼저 와 있었다. 이들 외에도 월산, 보문, 성수, 종수, 향곡, 자운, 보경 등 기라성 같은 선객(禪客)들이 모여들어 수행정진을 하고 있었다. 청담스님과 성철스님은 다시 뜻을 모았다. 봉암사의 청규(淸規)를 정하고 이를 철저히 지킬 것을 다짐했던 것이다.

봉암사의 대중(大衆)들이 모두 모인 자리에서, 청담스님은 봉암청규(鳳岩淸規)를 일장 설파했다.

"이 땅에 부처님 법이 전해진 지 어언 1천 6백여년……그동안 청정계율(淸浄戒律)이 엄히 지켜져 내려왔으나, 왜놈들의 식민통치 36년에 그 계율은 무너지고 법맥(法脈)은 흔들려 오늘날 우리 불교의 현실은 실로 말씀이 아니오. ……허나 이 땅에 불법을 바로 세우고 부처님의 법맥을 바로 이어가려면, 우리들 스스로가 청정계율을 생명으로 삼아 더욱 용맹정진해야 할 것이니 이제부터라도 이를 어김없이 실천해 나가도록 해야 할 것이오."

"옳으신 말씀입니다. 우선 모든 대중들은 누구든 하루에 나무 두 짐씩을 해오기로 하겠습니다."

성철스님의 말이었다.

청담스님의 설파(說破)는 계속 이어졌다.

"백장(百丈) 선사는 백장청규(百丈淸規)에서 이르시기를 일일부작(一日不作)이면 일일불식(一日不食)이라……하루 일하지 아니하면 하루를 먹지도 말라 하셨으니, 우리가 하루에 나무 두 짐씩을 해오자 함은 행여라도 나태에 떨어질까 그것을 염려함이오……."

"그리고 여기있는 모든 대중들은 매일 하루에 한 번 이상 능엄주(楞嚴呪) 독송(讀誦)을 하기로 결정했으니 단 한 분도 어김없도록 해 주시오."

청담스님과 성철스님은 손발이 척척 맞았다.

"또한 여기 있는 봉암사 대중들은 율장에 정해져 있는대로 가사(袈裟)를 입어야 할 것이니, 의복 한 가지에서부터 철저히 실천해 나가야 할 것이오."

봉암사 대중들이 엄히 지켜나가기 시작한 규율을 봉암사 대중들

은 스스로 봉암청규(鳳岩淸規)라고 불렀다. 이후 봉암청규는 불교계에 참신한 기풍을 불어넣는 승단정풍운동의 출발점이 되었다.

청담스님은 이 봉암사 시절에 혜명, 혜정, 혜연 등 세 제자를 맞이했다. 그 중 혜명스님의 속가는 봉암사에서 멀지않은 아랫마을이었다. 처음에는 봉암사 일을 거들어주러 왔었는데, 스님들의 생활모습이 너무 거룩하고 성스러워 보인 나머지 삭발출가를 스스로 간청하게 됐던 것이다. 그리고 혜정스님은 문경 은성탄광에서 근무하는 형님을 만나러 왔다가 우연히 봉암사 구경을 하게되었고, 이때 스님들의 법문에 이끌려 출가를 결심했던 것이다.

해방후 불안한 정국과 함께 일어난 제주 4·3사건, 여순반란사건, 그리고 10·1 대구사건 등의 여파로 산간지대에서는 무장 빨치산이 출몰하고 있었다. 문경에 있는 봉암사도 결코 안전한 곳이 되지 못했다. 총성은 점점 가까와져 봉암사까지 들려오는 때가 많아졌다.

청담스님은 성철스님과 함께 방안에 앉아 있었다. 그때 멀리서 몇 발의 총소리가 들려왔다.

"저 소리 듣고 계십니까?"

"예, 듣고있어요."

"이 근처 마을은 대부분 습격당했다고 합니다."

"소를 끌어가거나 양식을 빼앗아 간다는 소리는 나도 들었어요."
 "이렇게 앉아있을 때가 아닙니다, 스님."
 "이렇게 앉아있을 때가 아니라니요?"
 "여기 있다가는 언제 빨치산들의 습격을 받게될지 모르는 일, 무슨 일을 당하기 전에 피난을 가는 게 좋을 듯 합니다."
 "그 사람들이 습격을 해온다한들 가져갈게 무엇이 있겠소?"
 짐짓 청담스님은 태연했다. 봉암사에는 소도 없고 양식도 없으니 걱정없다는 생각이었다. 그러나 성철스님의 생각은 달랐다.
 "가져갈 것이 없으면 사람을 해칠터이니 그게 걱정 아니겠습니까? ……저는 아무래도 피난을 가야 하겠습니다."
 "떠나고 싶으시면 떠나도록 하시오."
 "청담스님은 정말 안 떠나시려오?"
 "……설마한들 출가수행자를 어떻게 하겠소? 내 걱정은 말고 떠나시려거든 속히 떠나시오. 성철스님……."
 성철스님을 비롯한 많은 스님들이 봉암사를 떠나 새로운 피난처를 찾아 나섰다. 스님들이 떠나면서 각자 등에 짊어진 경책들은 열 넉 짐이나 되었다. 그러나 청담스님은 떠나지 않고 몇몇 수좌들과 함께 봉암사를 지키고 있었다. 마을에서 들려오는 듯한 총소리는 점점 그 횟수가 많아졌다.
 "스님, 스님, 스님……!"

숨을 헐떡이면서 문을 박차고 들어온 것은 다름아닌 묘엄수좌였다. 청담스님도 갑자기 뛰쳐들어온 딸의 모습에 여간 놀라는 게 아니었다.

"아니, 대체 무슨 일로 여기까지 왔느냐?"

"……예……저, 무서워서요……."

"무서우면 암자 안에서 불공이나 열심히 드릴 것이지, 여기는 왜 왔단 말이더냐?"

"스님들이 모두 피난을 가셨다는 소리를 듣고 걱정이 돼서 내려왔사옵니다."

"스님들이 모두 피난 간 것은 아니니 너무 걱정할 것 없다."

"……그럼 저희 백련암에 있는 비구니들은 어찌해야 좋을지 스님께서 분부를 내려주십시오."

"당분간 더 지켜보자꾸나. 하지만 각별히 주의해야한다. 바깥출입을 삼가하고 법당에 들어앉아 불공을 드리는 게 가장 좋은 것이니라."

"……예, 스님."

"어서 올라가서 그렇게 하도록 일러라. 말조심들 하고……."

"……예, 스님."

그러던 어느 날 밤, 봉암사는 기어이 무장 빨치산의 습격을 받게 되었다. 소총에 실탄을 장전하는 소리가 시끄럽게 들렸다.

"봉암사 승려들은 잘 들어라! 이 절은 완전히 포위되었으니 한 사람도 빠짐없이 큰 방으로 모이라!"

밤의 적막을 가르고 빨치산 사내의 고함소리는 온 산천을 울리는 듯했다. 빨치산 사내는 계속해서 고함을 질러댔다.

"만일 도망치거나 반항하는 자는 가차없이 총살시키겠다! 빨리 빨리 큰 방으로 모여!"

봉암사에 남아있던 스님들은 하는 수 없이 하나 둘 큰방으로 모여들었다. 무장 빨치산들은 스님들을 큰방에 몰아넣고 나서 원주(院主)를 찾았다. 여러 수좌들과 함께 큰방에 앉아있던 청담스님이 나섰다.

"……아니, 원주는 대체 왜 찾으시는가?"

"이유는 점차 알게 될 테고……, 도대체 원주라는 자가 누구야? 어서 앞으로 나왓!"

빨치산의 고함소리에 마지못해 원주가 슬며시 고개를 내밀었다.

"……예, 제가 원주를 맡고 있습니다만……."

"틀림없이 네가 원주란 말이지?"

"……예, 그런데……왜 그러시는지요?"

"왜 너를 찾는지 그 이유를 모른단 말야?"

"……예……."

봉암사 원주는 보경스님이 맡고 있었다. 영문도 모른 채 앞으로

나선 보경스님의 얼굴은 이미 사색이 되어 있었다. 빨치산 사내는 눈을 부릅뜨고 원주를 쏘아보면서 말했다.

"원주는 들어라! 바로 네가 빨치산이 출몰했다는 사실을 경찰서에 신고했다면서?"

"……아, 아닙니다. 그런 일 없습니다."

"닥쳐! 마을 사람들로부터 얘기 들었다. 경찰서에 신고한 너를 그냥 살려둘 수는 없다! ……여기서 끌어내 십리 밖에 나가서 총살을 시킬 것이다."

"예에? 초, 총살요……?"

원주의 눈이 휘둥그레지면서 얼굴은 시퍼렇게 사색이 되어 굳어가고 있었다. 분위기가 험악해지자, 마침내 청담스님은 점잖은 목소리로 빨치산들을 둘러보며 물었다.

"여보시게들, 대체 누가 책임자이신가?"

"내가 바로 대장이오, 무엇 때문에 책임자를 찾는게요?"

대장이라고 나선 사람은 지금까지 원주에게 추궁을 하던 바로 그 사내였다.

빨치산은 여전히 퉁명스럽고 거센소리로 대답했다. 그럴수록 청담스님은 목소리를 차분히 가라앉혔다.

"헛소문을 듣고 사람을 총살시킨다면 올바른 일이라고 할 수 있겠는가?"

"무엇이라구? 헛소문?"

"이 절 봉암사 원주는 분명히 한 사람이요, 원주인 보경스님은 열흘 전부터 절 밖에 나간 일이 없거늘, 도대체 어떤 또 다른 원주가 저 멀리 경찰서까지 가서 신고를 했다는 말인가?"

"아니, 그럼 우리가 헛소문을 듣고 왔다는 말이오?"

"내 눈으로 목격하고, 내 귀로 직접 들은 것도 함부로 믿어서는 아니되거늘, 어찌 소문을 믿고 지옥을 지으려 하는고?"

"무엇이라구? 지옥? 도대체 지옥이니 극락이니 그 따위가 어디 있다는게요?"

"지옥이 어디있고, 극락이 어디 있는지 내가 말해 드리겠네."

"말해보시오. 어디……."

"사람을 해치고 죽이려는 마음, 그것이 바로 지옥이요, 사람을 가엾게 여기고 살리려는 마음, 바로 그것이 극락인게야."

"죽이려는 마음이 지옥이요, 살리려는 마음이 극락이라?"

청담스님을 바라보고 있는 빨치산 사내의 얼굴은 벌겋게 달아오르고 있었다.

"그렇다네……착한 마음이 곧 극락이요, 악한 마음이 곧 지옥이니 지옥과 극락이 멀리 있는 것이 아니라네."

"아니, 이 늙은 스님이……?"

빨치산 사내는 얼굴을 더욱 붉혔다. 금방이라도 청담스님에게 달

려들 기세였다. 그러나 청담스님은 태연하게 말을 계속했다.

"내 말을 들으시게…… 세상만사는 모두가 인과응보(因果應報), 콩 심으면 콩나고 팥 심으면 팥이 나오는 법. 좋은 마음과 착한 심성으로 좋은 일을 해야지, 어찌하여 악한 마음으로 악한 일을 하려 한다는 말인가?"

"아니 이거, 나를 뭘로 보고 이러는게요?"

"보아하니 그대는 선량한 사람! ……그대가 만일 나무를 하고 있을 때 포수한테 쫓기는 한 마리 사슴이 살려달라고 애원을 했다면 그대는 과연 어떻게 했겠는가? 숨겨서 목숨을 구해주었을 것인가, 아니면 포수에게 사슴이 숨은 곳을 가르켜 주었을 것인가?"

"……그, 그야 숨겨주었겠지요."

"그것 보시게! 사람의 마음이란 본디 착하고 아름다운 것! 본래의 그 착한 마음을 찾으면 사람은 누구나 극락만들기를 좋아하는 법, 어떻게 하시겠는가? 그래도 그대는 이 원주를 끌고나가서 총살을 시켜야만 성이 풀리시겠는가?"

"……그러면 이 원주가 경찰서에 신고한 적이 없다는 말씀이오?"

"죽이려는 쪽으로 믿고 싶으신가? 아니면 살리려는 쪽으로 믿고 싶으신가?"

"……알겠습니다. 정 그렇다면 살려줘야죠, 뭐."

"고마운 일이시네, 정말 고마운 일이야······."

청담스님은 빨치산 사내를 향해 가지런히 두 손을 모아 합장배례했다. 깊은 밤 장장 두 시간에 걸친 설법을 통해, 무장 빨치산의 마음을 움직이게 하여 원주의 목숨을 건져냈던 것이다. 청담스님의 설법에 마음이 캥겼던 빨치산들은 원주를 끌고가는 대신, 스님들이 만들어놓은 곶감을 모조리 짊어지고 봉암사를 떠났다.

살리려는 마음이 곧 극락이요, 죽이려는 마음이 곧 지옥이라는 스님의 설법은 빨치산의 증오심마저 잠재웠던 것이다.

14
오동잎 떨어지면 가을인줄 알거니

빨치산들이 문경 봉암사에서 한바탕 난리를 치고 떠나간 뒤, 청담스님은 갑자기 바랑을 짊어지고 진주지방을 한차례 다녀왔다. 봉암사에 돌아온 청담스님은 수좌들을 불러 모았다.

"그대들은 내가 하는 말을 명심해서 들어야 할 것이야."

"예, 스님."

"그동안 세상 돌아가는 형편을 보니 머지않아 큰 난리가 일어날 조짐이라……."

많은 수좌들 가운데 법웅수좌가 나서서 여쭈었다.

"아니 스님, 큰 난리가 일어날 조짐이라니요?"

"그대 법웅수좌는 친가의 상을 당해 속가에 다녀오느라고 겪지 못했다만, 이 봉암사에도 빨치산이 내려와 한바탕 곤욕을 치렀느니라."

"예, 스님. 그 이야기는 다른 수좌들한테서 자세히 들었습니다만, 설마한들 빼앗아갈 것 없는 이 절간에 또 오기야 하겠습니까, 스님?"

"……아니야, 옛부터 지혜로운 사람은 오동잎 떨어지는 것을 보고 가을이 오는 것을 알아보는 법. 머지않아 이 땅에 큰 난리가 닥쳐올 것이야."

"큰 난리라고 하시면 또 무슨 반란사건이라도 일어난다는 말씀입니까, 스님?"

"반란사건이 아니라 그보다 더 큰 전란이 일어날지도 모를 일이지……."

"전란이 일어날지도 모른다구요? 아니 그러면……."

"홍수가 닥칠 것을 감지하게 되면 미물의 짐승들도 높은 곳으로 거처를 옮기는 법, 우리도 이 깊은 산중에 더 이상 머물러서는 안 될 것이야."

"하오면 스님, 이 봉암사 대중들도 어디론가 옮겨야 한다는 말씀이시옵니까?"

"내 그래서 진주에 다녀왔느니라……. 그곳 신도회 거사님들이 우리가 머물만한 암자를 물색해놓기로 했으니 그쪽으로 가는 게 좋겠다."

"그럼 이 봉암사는 비워두고요?"

"……우선 법웅, 혜명, 정천수좌는 나를 따라서 진주로 가도록 하고, 혜정수좌는 당분간 이 봉암사에 남아서 절을 지키도록 하는 게 좋겠다. 자리가 잡히면 그때 가서 기별을 할 테니…… 내 말 모두 알아들었느냐?"

"예, 스님."

제자들은 한목소리로 고개숙여 대답했다.

청담스님을 비롯한 여러 비구니스님들이 봉암사를 떠난다고 하자, 난감해진 것은 백련암에 있는 비구니들이었다. 맨 먼저 달려온 것은 역시 묘엄수좌였다.

"아니 스님, 듣자오니 스님들께서는 이 봉암사를 떠나실 것이라 하시던데, 정녕 사실이옵니까?"

"수행자들이란 때가 되면 떠나야 하고, 인연이 다하면 옮기는 것이니라."

"……하오면 스님, 저희 백련암 비구니들은 어찌해야 좋겠습니까? 행장을 꾸려 스님을 따라가 모실 수 있도록 허락해 주시렵니까?"

"그건 안 될 일!"

"하오면……, 대체 저희들은 어찌하면 좋겠습니까?"

"이제 이 봉암사 백련암은 더 이상 머물기에 적당하지 아니하므로 옮겨 가는 게 좋을 것이야."

"······어디로 옮기라는 말씀이신지요, 스님."

"사불산 대승사 윤필암으로 돌아가도록 해라."

"윤필암에 돌아가서 일구월심(日久月深) 참선수행을 하고 있으면 별 탈이 없을 것이니라."

"······하오면, 스님?"

"무슨 말이던고?"

"스님께서 이 봉암사를 떠나시면 언제 쯤 또 다시 뵈올 수 있을까요."

"인연이 남아있으면 또 만날 것이나, 인연이 다 했으면 만나지 못할 것이니 그렇게 알고 공부나 열심히 해야할 것이니라."

"예 스님, 명심하겠습니다."

묘엄수좌에게 각오를 단단히 하라는 다짐을 남겨두고, 청담스님은 정천, 혜명, 법웅수좌들을 데리고 문경 봉암사를 떠나 진주땅에 당도했다.

그 다음날.

"스님 다녀왔사옵니다."

아침에 나간 법웅수좌가 돌아온 모양이었다.

"그래, 신도회 거사님들은 만나 보았느냐?"

"예, 만나뵙긴 만나 뵈었습니다만······. 일이 여의치않게 된 것

같사옵니다, 스님."
"아니? 일이 여의치 않게 되었다니?"
"그동안 이곳 거사님들이 절과 암자들을 다녀보았지만, 저희가 스님 모시고 들어갈만한 절은 한 군데도 없더라고 하옵니다."
"무엇이라구? 우리가 들어갈만한 절이 한 군데도 없더라구?"
"예, 스님. 이 절에서는 양식이 없어서 안 된다고 하고, 저 암자에서는 방이 없어서 안 된다고 모두들 고개를 설레설레 흔들더랍니다……."
"허허 세상에 이런 고얀 일이 있는가! 아니, 천지사방에 널려 있는 것이 절간이요 암자이거늘 독신비구승들이 들어갈 방 한 칸도 없더란 말이냐, 그래?"
청담스님의 얼굴에는 실망의 빛이 역력했다. 눈언저리에는 깊은 그림자가 가늘게 떨고 있었다. 한숨을 내쉬면서 낙담하는 표정을 대하고 있는 법웅수좌 역시 마치 자신이 해야할 일을 못해 놓은 것처럼 몸둘 바를 몰라했다.
청담스님이 수좌들을 데리고 진주로 옮겨간 것은 1949년의 일이었다. 이 무렵만해도 웬만한 사찰, 이름있는 암자는 대부분 왜색(倭色)승려들이 자리를 잡고 있었으니, 독신 비구 수행승들은 방 한 칸 얻어 들어가기가 쉽지 않았다. 진주 지방의 불교 신도회 거사들은 청담스님 일행이 머물 수 있는 조그만 암자라도 한 군데 알아보려고 백방으로 동분서주 했지만, 선뜻 방을 내주겠다는 곳이 없었던 것이다. 청담스님 일행은 하는 수 없이 한동안 이집, 저집을 돌아다니며 동냥잠을 자야했고 동냥밥을 먹어야 했다. 혼자라면 차라리 마음이라도 편했겠지만 여러 수좌들을 데리고 다니는 청담스님의 마음은 그저 참담할 뿐이었다.
"너희들은 잘 들어라."
모두 풀이 죽어있는 제자들을 모아 놓고 스님은 말문을 열었다.
"……너희들도 알다시피 이 땅에 불교가 전래된 지 1천 6백 여 년, 삼천리 방방곡곡 산마다 절이요, 골마다 암자거늘, 그곳에 마누라와 자식들과 더불어 살림꾸릴 방은 있어도 독신수행승들이 공부할 방은 없는 세상이 되었다. 고기를 굽고 술을 마시며 히히덕거릴 방은 있어도 청정비구승이 참선할 방은 없는 세상이 되었어……! 오늘날 우리 불교의 집안꼴이 이 지경까지 된 것은 일제 36년 동안 이 땅을 일본에 동화시킨 데 그 까닭이 있으니, 왜놈들이 시키는대로 제정신을 잃고 왜색승 흉내를 낸 결과가 오늘날 이러한 꼴로 나타난게야. ……그래, 이제는 나라도 해방이 되었으니 당장이라도 왜색승려들을 절에서 쫓아내고 부처님의 정법을 바로 세워야 옳은 일이다. 허나 저들은 그 무리가 수천을 넘고 우리들 청정수행자는 겨우 몇백 명, 그뿐아니라 저들에게는 막강한 권세와 재물이 있으되 우리 수행자들에게는 등에 진 빈 바랑뿐……! 대체 이 일을 어

디서부터 시작해야 할지 답답할 뿐이구나……!"

옆에 있던 법웅수좌가 한탄조로 거들고 나섰다.

"세상이 아무리 막되어 먹었기로서니 독신 수행자들이 갈 곳이 없다니… 이건 정말 너무한 일입니다, 스님."

"그래…… 독신 수행자들이 암자 하나 얻기가 이렇게 힘들고, 방 한 칸 빌리기가 이토록 어렵다니…… 너희들은 차후에라도 오늘의 이 참담한 심경을 결코 잊어서는 안 될 것이다."

이때 청담스님은, 부처님의 법을 바로 세우고 타락한 승풍(僧風)을 정화 해야겠다는 결심을 굳히게 되었다.

그러던 어느 날이었다. 법웅수좌가 급히 스님을 부르며 방문을 열고 들어왔다.

"무슨 일이더냐?"

"예, 스님. 방금 옥천사 주지 서룡스님으로부터 기별이 왔는데요……."

"옥천사에서 무슨 기별이던고?"

"예, 저, 고성군 상리면 청량산에 있는 문수암 말씀입니다요, 스님."

"고성에 있는 문수암이라……?"

"예, 스님."

"그 문수암이 어떻다는 얘기냐? 자초지종을 어서 얘기해 봐라."

"문수암 주지 월파스님이 얼마 전에 입적하시고 지금은 그 가족들이 절을 지키고 있다 하옵니다."

"주지는 입적하시고 그 가족들이 지키고 있다……?"

"예, 스님."

"그, 그래서 어찌하라 하던고?"

"저희더러 스님을 모시고 그 문수암에 들어가면 어떻겠느냐 하고 의향을 물어 왔습니다."

"우리더러 그 문수암에 들어가면 어떻겠느냐고?"

"예, 스님."

"좋다. 그럼 너희들이 먼저 가서 그 절 형편을 알아보고 오너라."

"예, 스님. 그러면 제가 다녀오겠습니다."

그 길로 법웅수좌는 행장을 꾸려 고성땅으로 올라갔다. 오갈 데 없는 막막한 처지에 놓여있던 터라, 스님이 없는 암자가 있다니 그 말은 귀가 번쩍 트이는 소식임에 틀림없었다. 그러나 그곳 형편을 알아보러 갔던 법웅수좌는 터덜터덜 무거운 발걸음으로 돌아왔다.

"그래, 문수암에는 가 보았더냐?"

"예……."

"어떻더냐, 그 문수암 사정이……?"

"암자는 정말 기막히게 좋은 터에 자리잡고 있었습니다만, ……

저희들이 들어 가기에는 곤란할 것 같습니다, 스님."

"아니, 왜? 그 사이에 다른 스님들이라도 들어와 있더란 말이냐?"

"그게 아니옵고……입적하신 주지스님의 부인인 노보살이 절을 지키고 있었는데요……글쎄……."

말인즉슨 그 노보살은 영감스님이 죽었다고 해서 절을 내놓으란 말이냐고 호통을 치더라는 것이다. 더구나 절을 내주고 나면 노보살과 자식들은 갈 곳이 없다는 것이었다. 그 노보살은 길거리에 나앉아서 자식들과 함께 굶어 죽을 수는 없는 노릇이니, 정녕 절에 들어오려거든 자신이 죽은 뒤에나 차지하라고 했다는 것이다. 법웅수좌의 말을 듣고나서 청담스님은 고개를 끄덕였다.

"그야 당연히 할만한 소리지……우리가 그 암자에 들어가게 되더라도, 신도회 거사들과 의논을 해서 집칸이라도 장만해주고 호구지책을 마련해 줘야지, 우격 다짐으로 쫓아내고 들어앉아서는 안 될 일이니라. 내 말 무슨 말인지 알아듣겠느냐?"

"예, 스님. 잘 알겠습니다."

법웅수좌는 신도회 거사들을 만나기 위해 바쁘게 뛰어다녔다.

마침내 문수암을 지키고 있던 유가족들을 위한 집과 호구지책을 마련하게 되었다. 그렇게 되기에는 신도회 거사들의 힘이 물심양면으로 컸다. 그제서야 유가족들은 문수암을 비워 주었다.

"자, 그럼 보살님, 조심해서 내려가십시오."

손을 잡아 이끌어주는 청담스님에게 노보살은 무언가 켕기는 것이 있는 모양이었다.

"예, 스님. 이거 정말로 스님 쳐다볼 면목이 없습니다요……."

"원, 무슨 말씀을요, ……그동안 이 높은 산속에서 고생이 많으셨겠어요, 보살님."

"그동안 겪은 고생이야 이루 다 말할 수 없습지요. ……제사라도 한 번씩 지낼라치면 읍내에서부터 제삿거리를 머리에 이고 멀고 먼 길을 걸어서 올라다녔으니까요……그래도 스님영감이 살아있을 적에는 그럭저럭 견딜만 했는데, 덜컥 세상을 뜨고나서……아이구 이 비탈길 오르기가 얼마나 더 힘들던지……원……."

"이제는 이 험한 산길 그만 오르시고 아무쪼록 편히 사십시오."

"예 스님, 정말 감사합니다. ……사실 말이지요, 스님영감이 세상을 뜨셨는데 무슨 염치로 부처님 모신 절에서 살 수 있겠습니까? 너무 막막하고 오갈 데가 없어서 눌러 있었던 거지요……."

"자, 그럼 비탈길 조심해서 편안히 내려가십시오, 보살님."

"예, 스님. 부디 성불하세요."

청담스님과 그 제자들이 머물게 된 문수암은 신라 때 의상대사가 창건한 천년고찰이었다. 법당 뒤 깎아지른 듯한 벼랑 위에는 돌로 된 문수보살상이 모셔져 있었다. 옛부터 이곳을 문수상주불멸지

(文殊常住不滅地)라 칭하고 많은 참배객들이 문수기도를 드리러 오는 곳이기도 했다. 또한 문수암 앞뜰에서 내려다보는 고성 앞바다의 풍경도 빼놓을 수 없었다. 한려수도의 아름다운 절경이 한 눈에 들어오니, 그 경치는 가히 천하의 절경이라 할만 했다.

"스님……."

법웅수좌였다.

"이 문수암이 마음에 드십니까, 스님?"

"그래, 마음에 아주 쏙 드는구나."

"그런데 말이다……."

"예, 스님."

"이 문수암이 왜 이렇게 내 마음에 꼬옥 드는지, 아무래도 전생에 내가 이 절에서 살았던 모양이다."

"참, 스님께서도……그토록 마음에 드십니까?"

"법당 뒤에는 문수보살님이 서 계시고 저 앞에는 한려수도의 절경이 펼쳐져 있고, ……아마도 살아서 이 문수암 구경을 못한 사람은 두고두고 섭섭할 게다."

"그, 그건 그렇겠습니다, 스님. 사실은 저도 이만한 절경은 처음입니다."

청담스님은 문수암 법당 앞 벼랑 밑을 내려다 보고는, 아슬아슬한 벼랑에 밧줄을 매놓고 내려가 그곳에 작은 토굴을 짓고, 스스로 금선대라 칭하고 머무는 때가 많았다. 이때가 1950년 봄철이었다. 문수암에 머물기 시작하면서 주지소임은 법웅수좌에게 맡겼는데, 하루는 주지와 정천, 혜명 등 수좌들을 불러 앉혀놓고 일렀다.

"내 너희들에게 긴히 이를 말이 있느니라."

"분부내리십시오, 스님."

"당분간 너희들은 마을에 내려가 부지런히 탁발을 다녀야 할 것이야."

"탁발을 다니라니요, 스님?"

"그동안 이 문수암에는 가족을 거느린 승려가 머물고 있었으니 찾아오는 신도가 많지 않았을 것이요, 그렇기 때문에 시주 또한 들어오지 않았을 것은 정한 이치! 이제는 독신 비구승이 수행하고 있다는 것을 알려야 할 것이요……."

"예, 스님."

"……또한 세상이 어지러워지면 불공도 시주도 끊어지는 법. 그때를 대비해서 부지런한 탁발로 겉보리 양식이라도 비축을 해둬야 할 것이니라."

"양식을 비축해 두어야 한다는 말씀이시옵니까?"

"몇 철 꼼짝않고 들어앉아 수행을 하려면 겉보리라도 얻어다 놓아야 할 것 아니겠느냐?"

"……하오면 스님, 정말로 무슨 일이 일어난다는 말씀이시옵니

까?"
 "아무 일도 일어나지 않는다면 그보다 더 좋은 일이 또 어디 있겠느냐? 그러나 방심하고 있다가 갑자기 궂은 일에 부닥치게 되면 그때는 꼼짝없이 당하고 마는 법. 여러 소리 할 것 없이 부지런히 탁발을 해서 겉보리라도 항아리에 담아두면 후환이 없을 것이다."
 "예, 스님. 분부대로 하겠습니다."
 이튿날부터 문수암에 머물고 있던 스님들은 초여름내내 하루도 빠짐없이 부지런히 탁발(托鉢)을 다녔다. 그러나 탁발로 얻을 수 있었던 것은 겉보리 뿐, 쌀은 단 한 줌도 얻을 수가 없었다.
 그러던 어느 날이었다.
 "정천이더냐?"
 청담스님은 탁발을 마치고 밤늦게야 돌아오는 정천수좌를 반겼다.
 "예, 스님. 정천이옵니다."
 "그래, 오늘도 별일없이 잘 다녀왔느냐?"
 "예, 별일 없었사옵니다."
 "혜명이도 돌아왔더냐?"
 "아니옵니다. 아직 돌아오지 않았습니다."
 "그러면 법웅이는?"
 "법웅스님도 아직 돌아오지 않았습니다."

"으음……그 아이들이 오늘은 멀리 나간 모양이로구나……이것 보아라, 정천아."

"예, 스님."

"그동안 탁발해 온 양식이 얼마나 되던고?"

"겉보리 서너 가마는 실히 될 듯 싶습니다."

"그래……그동안 너희들 수고가 많았느니라."

"아니옵니다, 스님. 처음에는 힘들었습니다만 이제는 이력이 붙어서 그런지 힘든줄 모르고 다닙니다."

"이제는 탁발을 그만 나가야할 것이니, 내일부터는 들어앉아서 공부를 해야할 것이야."

"이 달 그믐께까지는 탁발을 계속 하려고 생각하고 있습니다만……."

"탁발도 때가 있는 법이다. 농부들이 너나 할 것 없이 들녘에 나가서 정신없이 바쁠 때 탁발을 다니면 도리가 아니니라."

"예……그건 미처 생각하지 못했었습니다, 스님."

"그래서 배우라는 게야. ……길을 걸으면서 갈 적에 배우고 올 적에 배우고, 바람이 불면 바람한테 배우고, 구름이 떠 있으면 구름한테 배우고, 이 세상 모든 것이 수행자에게는 훌륭한 스승이니라."

"명심해서 공부하겠습니다, 스님."

　청담스님은 머지않아 세상이 시끄러워질 것이라고 예견했다. 문경 봉암사에서 이곳 문수암까지 옮겨온 것은 그러한 이유 때문이었다. 또한 제자들에게 탁발을 시켜 양식을 비축하도록 한 것도 앞으로 닥쳐올 난세에 대비하고자 하는 마음에서였다.
　그런데 불행하게도 청담스님의 예언은 적중했다. 바로 그해 여름에 6·25 동란이 터지고 말았다.
　"스님, 스님, 큰일났습니다요, 스님."
　마을에 내려갔던 법웅수좌가 숨을 급히 몰아 쉬면서 문을 열고 들어왔다.
　"무슨 일인데 그렇게 숨이 금방 넘어갈 듯 하느냐?"
　"정말로 난리가 터졌다고 합니다요, 스님."
　"난리가 터졌다고……?"
　"예, 스님."
　"그래, 무슨 난리가 어디서 어떻게 터졌다고 그러더냐?"
　"3·8선이 터져서 북쪽의 인민군들이 밀고 내려온다고 합니다요."
　법웅수좌의 말을 듣고 나서 청담스님은 두 눈을 감았다.
　"……나무아미타불, 나무관세음보살……."
　"……하오니 스님, 우리는 앞으로 어찌해야 하옵니까?"
　"……나무아미타불, 나무관세음보살……."

"스님—, 스님—."
 법웅수좌는 몇 번이고 스님을 불렀다. 그러나 청담스님은 눈을 감은 채 그대로 앉아있었다.
 "……머지않아 우리 절 식구가 늘어날 것이니 맷돌이나 잘 닦아 두거라."
 "맷돌을 잘 닦아 두라니요, 스님. 3·8선이 터졌다는데요?"
 법웅수좌는 답답한 마음으로 다시 여쭈었다.
 "그러니까 이 녀석아, 맷돌을 잘 닦아 놓으라는 말이다. 난리가 끝날 때까지 보리가루 죽이라도 쑤어먹고 연명하려면 맷돌을 잘 챙겨둬야 할 것이 아니겠느냐?"
 "예, 그 말씀은 잘 알겠습니다. 저……그리구요, 스님."
 "왜 또 그러느냐?"
 "읍내에서 들은 얘기입니다만 ……인민군들이 사정없이 밀고 내려와서 서울을 이미 빼앗았다 하옵니다."
 "인민군들에게 서울을 빼앗겼다고……?"
 "예, 스님.……그런데 이곳은 무사할런지요?"
 "3·8선이 터졌다면 이것은 난리가 아니라 전쟁이 일어난 것. 손바닥만한 땅덩어리에서 전쟁이 터졌다면 어찌 이곳이라고 무사할 수 있겠느냐?"
 "하오면 스님, 우리는 앞으로 어찌해야 하옵니까?"

"앞에는 바다요, 뒤에는 산이거늘 도대체 무엇을 어찌한다는 말이냐?"

"그, 그게 아니오라……스님."

"참으로 참으로 어리석은 중생들! 전쟁을 하는 것은 이기거나 지거나 아무것도 얻을 것이 없는 죄악 중의 죄악이라 했거늘…… 같은 나라, 같은 민족끼리 이게 무슨 미친 짓들이란 말인고!"

"그러게 말씀입니다, 스님……."

청담스님의 장탄식은 계속됐다.

"……자고로 전쟁이란 몇 몇 어리석은 자들의 욕심 때문에 일어나고, 증오심에서 시작되는 것! 허욕이 없고 증오심이 없다면 무슨 연유로 싸움이 일어날 것이며, 어찌 전쟁이 일어날꼬……! 가련한지고! 중생이 가련한지고……나무아미타불 관세음보살, 나무아미타불 관세음보살……."

15
우리의 불교, 이대로는 안 된다

　전쟁의 불길이 전국으로 확산되면서 장기화되자, 청담스님이 예견했던대로 성철, 의현, 법전 스님이 문수암으로 피난을 왔다. 조그마한 암자인 문수암에는 열 여섯 명의 대중이 머무르게 되었다. 다행스럽게도 이 많은 대중들이 견딜 수 있었던 것은 미리 탁발을 해서 비축해놓은 겉보리 덕분이었으니, 청담스님의 예언은 또한번 적중한 셈이었다.
　낙동강을 앞에 두고 국군과 인민군 사이에 치열한 공방전이 벌어지고 있을 무렵이었다.
　아침에 마을로 내려간 법웅수좌는 날이 어둑어둑해져서야 올라왔다.
　"스님, 스님."

"오냐, 무슨 말이더냐?"
"급히 드릴 말씀이 있사옵니다."
"그래, 급히 알릴 일이 무엇이던고?"
"예, 스님. 마을에 내려갔다가 어둡기를 기다려서 이제야 올라왔는데요……."
"그래, 무슨 일이냐니까?"
"젊은 승려들을 모조리 붙잡아 전쟁터로 내몰고 있다 하옵니다. 스님."
"출가승려들까지 전쟁터를 보낸다고?"
"예―. 벌써 여러 젊은 승려들이 인민군에게 붙잡혀 가는 걸 보았다고 합니다요."
"허허, 그렇다면 이거, 여기도 안전하다고 할 수는 없게 되었구나."
"그러하옵니다 스님, 아무래도 젊은 수좌들은 더 깊은 산속으로 피신을 해야할 것 같습니다."
"그럼 어서 그렇게 하도록 해라. 저 녀석들이 들이닥쳐 붙잡아가기 전에 말이다."
"예, 스님. 오늘밤으로 젊은 수좌들은 흩어지도록 하겠습니다."
그날밤, 문수암에 있던 혜명, 혜연 등 젊은 수좌들은 어둠 속으로 몸을 숨겨 떠나갔고, 법전스님은 나중에 전선이 북으로 옮겨

자 해인사로 돌아갔다.

한편, 문수암에 있던 성철스님도 거처를 옮겨 같은 고성군에 있는 안정사에서 수행을 계속하고 있었다. 그러나 청담스님만은 여전히 정천수좌와 함께 문수암 토굴을 떠나지 않았다.

그러던 1951년 가을이었다. 문경 봉암사를 떠나올 때 윤필암으로 보냈던 묘엄수좌가 뜻밖에도 고성 문수암을 찾아온 것이었다. 청담스님은 깜짝 놀랐다. 전란중에 보는 얼굴이라서 반갑기도 했다.

"아니 너, 묘엄이 아니냐?"

"예 스님, 그동안 평안하셨사옵니까?"

"그, 그래. 나야 늘 잘 있었다마는 ……그래 너는 이 난리통에 별일 없었느냐?"

"예, 윤필암에서 꼼짝않고 지냈사옵니다."

"그래 윤필암 대중들은 모두 무고했느냐?"

"난리가 일어나자 모두들 피난가고 다섯만 남아 지냈습니다."

"원, 저런……그래 그동안 끼니는 제대로 먹고 지냈느냐?"

"양식이 없어서 산나물을 뜯어다가 죽을 쑤어서 먹으며 지내기도 했습니다. 스님."

"그래 그래, 정말 잘 견뎌냈구나. 용하구나. ……그런데 어쩐 일로 이 먼길을 왔느냐?"

"예, 성철 큰 스님께 허락을 얻을 일이 있어서 찾아왔습니다."
"성철스님께 무슨 허락을 받고자 왔다는 말이던고?"
"예……그동안 큰 스님께서 내려주신 화두 '이 뭣꼬?'를 아무리 참구해도 도무지 알 길이 없었사옵니다."
"화두가 제대로 잡히지 않더란 말이지?"
"화두도 화두려니와, 불교에 대해서는 아무것도 배운 것 없이 참선만 하려고 드니 도무지 무엇이 무엇인지 아무것도 붙잡을 수가 없었사옵니다."
"흐음……그래서 대체 무엇을 어찌 하겠다는 말이던고?"
"말씀 올리기 죄송하옵니다만, 불교 경전을 배울 수 있도록 허락해 주시면 경전공부를 거친 후에 참선공부를 하겠사오니 부디 허락해 주십사고 말씀을 올렸사옵니다."
"아니 그럼, 성철스님을 이미 만나뵙고 오는 길이란 말이더냐?"
"예, 안정사로 찾아뵙고 오는 길이옵니다."
"그래, 성철스님은 뭐라고 하시더냐?"
"이렇게 서찰을 써 주시면서 기꺼이 허락해 주셨습니다."
"서찰을 써 주다니……누구한테 전하라 하시더냐?"
"예……계룡산 동학사에 운(耘)자, 허(虛)자 스님께서 와 계실 것이니 그 분을 찾아뵙고 가르침을 받으라 하셨습니다."
"……그, 그래? 운허스님한테 가라고 그러셨단 말이지?"

"그렇사옵니다."

"그래……그것 참 잘됐다! 성철스님이 찾아가라 일러준 그 운허스님으로 말할 것 같으면, 서울 개운사 대원강원에서 나하고 함께 공부한 스님이신데, 아마도 이 나라 불교계에서 경학(經學)에 밝기로는 으뜸이실게다."

"……정말 그토록 훌륭하신 분인가요, 그 스님이?"

"아암, 으뜸이고 말고! 묘엄이 네가 그분 밑에서 제대로만 공부한다면 더 이상 바랄 것이 무엇이 있겠느냐? 아무쪼록 훌륭하신 스승을 만나게 됐으니 더더욱 열심히 공부하도록 해라."

"예 스님, 명심하겠습니다."

옛 속가의 둘째 딸이었던 묘엄수좌는 성철스님의 추천장을 손에 쥐고, 계룡산 동학사로 이운허 스님을 찾아뵙고 미타암에 기거하면서 동학사 강원에서 경학을 배우게 되었고, 그후 더욱 철저한 수행으로 올곧은 비구니의 길을 걸었다. 이때의 묘엄수좌는 나중에 수원에 있는 봉녕사(奉寧寺)의 대강주(大講主)가 되었다. 수원시 우만동 봉녕사에 비구니를 위한 봉녕승가대학을 세워 뜻있는 젊은 학인들을 모아 지도하게 되었던 것이다.

청담스님은 묘엄수좌를 떠나보내고, 고성 문수암 토굴에서 참선 수행을 계속 하고 있었다. 어느 날 문수암 토굴로 대월(大越)스님이 찾아왔다. 대월스님은 당시 밀양의 무봉사(舞鳳寺)에서 수행을 하던 스님이었다.
"아니 그래, 무슨 일로 이 먼길을 오셨더란 말이신고?"
"내 몇 가지 스님께 여쭤볼게 있어서 일부러 찾아왔습니다."
"나한테 무엇을 물어보시겠다구?"
"스님—."
"말씀하시지요."
"청담스님, 지금 우리나라 불교가 제대로 바로 서 있다고 보십니까, 아니면 거꾸로 서 있다고 보십니까?"
"지금 우리 불교가 바로 서 있느냐, 거꾸로 서 있느냐……? 그걸 나한테 물으시는 겐가?"
"그렇습니다. 청담스님께서 한번 대답을 해 보시지요."
"그거야 나보다는 대월스님이 훨씬 더 잘 알고 계실 것 아니신가!"
"부처님께서 이르신대로 계율을 지켜나가는 청정독신승려는 절 밖으로 쫓겨나고 계율을 어긴 자들이 사찰을 모조리 점령하고 있으면서 부처님을 팔아 사리사욕을 채우고 있습니다……."
"그거야 어디 하루 이틀된 일이었던가."
"그렇다고 이대로 내버려두어도 좋다는 말씀이십니까, 스님?"
"내버려두지 않으면 어찌하자는 말씀이신고?"
"불교계를 정화해야 합니다, 스님."

 대월스님의 말에 청담스님은 오히려 태연했다.
 "불교계를 정화해야 한다니, 어떻게 말씀이신가?"
 "계율을 어긴 자들은 절 밖으로 끌어내고, 그대신 청정계율을 지키는 독신수행승들이 들어가야지요, 스님……."
 "그게 어디 말처럼 쉬운 일이겠는가?"
 "어려운 일인줄은 저도 이미 잘 알고 있습니다. 어려운 일이니까 우리 모두 힘을 합쳐야지요. ……불교정화운동을 시작하시자구요, 스님. 정화운동을 말입니다……!"
 밀양 무봉사에서 찾아온 대월스님이 불교정화운동을 벌여야 한다고 청담스님에게 간청을 했지만, 청담은 선뜻 응락하지 않았다. 불교정화운동은 섣불리 시작할 일이 아니라는 사실을 잘 알고 있기 때문이었다. 청담스님의 태연한 태도에 대월스님의 마음은 답답했다.
 "아니 그럼, 스님께서는 이 나라 불교가 이렇게 날이갈수록 썩어가도 상관하지 않겠다는 그런 말씀이십니까? 예?"
 "이것 보시게! 명색이 나도 출가수행자거늘 어찌 우리 불교가 타락해 가는 것을 좋아하겠는가."
 "그렇다면 왜 망설이십니까요, 스님? 예? 이제는 더 이상 망설일 수 없습니다. 이대로 방치해 두면 참다운 불교는 이 땅에서 영영 사라지고 말 뿐입니다."

"나도 물론 이 나라 불교를 이대로 방치하자는 얘기는 아니네. 그러나 바로 잡는 것도 바로 세우는 것도 인연이 닿아야 하는 법. 무작정 불교정화를 부르짖는다고 해서 마음대로 될 일이란 말씀이신가?"

"그렇다면 언제까지 이 지경을 두고 보자는 말씀이십니까, 스님? 이제나 저제나, 망설이고 기다리고 주저하다가 마침내 우리 불교는 뿌리 채 썩고 병들어가고 있습니다, 스님."

"여보시게, 대월스님."

"예 스님, 말씀하십시오."

"나는 이 문수암 토굴에서 3년 결사를 작정하고 용맹정진을 하고자 하네. 3년 결사가 끝나거든, 그때가서 정화운동에 나설 것이니 그렇게 알고 이번에는 그냥 돌아가시게."

"3년 결사를 마치시고 그때가서 정화운동에 나서시겠다구요?"

"내 생각은 그러하니 그렇게 알아주시게."

"스님, 정말 딱하십니다요."

"그건 또 무슨 말씀이던가?"

"생각을 좀 해보십시오. 스님께서 3년 결사를 하시는 동안, 이땅의 불교는 그나마 말라죽고 짓밟혀 죽고 말 것입니다. ……스님께서도 아시다시피 몇 안 되는 청정비구들은 날이갈수록 선방에서 쫓겨나는 수가 늘고 있습니다. 이대로 가다가는 그나마 독신수행자는

단 한 명도 구경하기 힘들게 될 것이 뻔한데, 모두 환속해 버리거나, 모두 저들처럼 왜색승이 되어버리면 그때가서 무슨 재주로 정화운동을 펼칠 수 있겠습니까, 스님? 예?"

밀양 무봉사에서 온 대월스님은 사흘이 지나도록 문수암을 떠나지 않았다. 틈이 있을 때마다 청담스님을 설득하는 말로서, 지금 당장 불교정화운동을 시작해야 한다고 역설하는 것이었다. 청담스님은 대월스님의 불교정화운동에 대한 열의에 공감해가고 있었다. 사실은, 불교정화운동은 청담스님이 오래전부터 마음 속 깊이 간직해온 신념이었다.

"그러면 내 그대에게 묻겠네."

"예, 스님. 말씀하시지요."

"그대도 아다시피 저쪽은 수천 명이요, 우리쪽은 기백 명인데 어찌 하시려는가?"

"일당 백이요, 일당 천이라는 각오로 임해야지요, 스님."

"그러면 저쪽은 권세가 있고 재력이 있는데, 우리는 빈손이거늘 그것은 또 어찌하시려는가?"

"문제가 아니됩니다, 스님."

"어찌해서 문제가 안 된다는 말씀이신가?"

"저들에게는 물론 권세가 있고 재력도 있습니다. 그러나 저들에게는 부처님의 가르침이 없고, 부처님의 계율이 없고 법도가 없습니다. 그러므로 대의명분이 전혀 없습니다. 그러나 우리는 비록 빈손이지만, 우리에게는 부처님의 정법이 있고, 그 정법을 믿고 따르고자 하는 수십만 아니 수백만의 불교 신도들이 있지 않습니까?"
"그대의 신념이 정녕 그러하신가?"
청담스님이 보기에, 대월스님은 작정 없이 불교정화를 하려는 것 같지는 않았다. 대월스님은 더욱 굳게 입술을 다물었다.
"예, 그렇습니다. 청담스님……."
"그러하다면 불교정화운동에 과연 어떤 스님들이 호응하여 나서 주실 것인지 헤아려 보셨는가?"
"그건 아직 미처 헤아려보지 못했습니다. ……그런데 청담스님께서 나서만 주신다면 호응해 주실 스님들은 많으리라 확신합니다."
"통영 도솔암에 계시는 효봉스님, 부산 동래 범어사에 계시는 동산스님, 예산 덕숭산 정혜사에 계시는 금오스님, 그리고 전강스님이 도와주실 것이네……."
"그 스님들께서 도와주신다면 불교정화운동은 반드시 성공할 것입니다."
"그러나 너무 과신하지는 마시게. 세상 일이란 모두가 상대가 있는 법. 더더구나 이 불교정화운동은 상대가 만만치 않다는 걸 잊어서는 아니되네. 잠시라도……."

"됐습니다, 스님. 정말 감사합니다, 스님."

"감사는 무슨 감사……이게 어디 한두 사람을 위하는 일이겠는가. 이 땅의 모든 불교도, 이 땅의 모든 수행자를 위하는 일이고 나아가서는 부처님의 가르침을 바로 펴고, 올바로 전하려는 비장한 몸부림이야……!"

"그렇습니다, 스님! 자, 그러시면 저와 함께 서울로 올라가시지요, 스님."

비로소 그동안 굳어있던 얼굴이 펴지면서, 대월스님은 금방이라도 불교정화운동이 이루어질 것처럼 기뻐했다.

16
불교정화의 불꽃

　불교정화운동에 뛰어들기로 결심한 청담스님이 서울 선학원으로 올라온 것은 1954년의 일이었다. 전국의 선방에 격문을 보내고 사발통문을 돌려 이 땅의 불교를 바로 세우고 청정계율을 바로잡아 정법을 구현하기 위해 모든 선방의 수좌들이 떨쳐 나서줄 것을 호소했다. 그의 외침은 곧바로 호응을 불러일으켰다.
　효봉(曉峰), 동산(東山), 금오(金烏)스님을 비롯한 기라성 같은 선지식(善知識)들이 헌신적으로 앞장을 서 주었고, 전국 방방곡곡의 독신수행자들이 기다렸다는 듯 호응해 왔다. 이에 힘입어 마침내 서울 안국동 선학원에서는 전국 비구승대표자대회가 열리기에 이르렀다. 이때부터 불교정화운동은 요원의 불길처럼 번지기 시작했으니, 안국동 선학원은 불교정화운동의 본거지가 되었고 이

정화운동의 실질적인 주도자는 바로 청담스님이었다. 선학원에서 청담스님의 일을 거들고 있던 수좌는 혜정이었다. 하루는 혜정수좌가 스님 앞에 무릎을 꿇고 앉았다.
"무슨 일이던고?"
"예, 웬 비구니스님이 찾아와서 스님을 뵙고 드릴 말씀이 있다고 합니다."
"비구니가 나한테 할말이 있다고?"
"예—."
"데려오도록 해라. 어디 한번 만나보자꾸나."
이윽고 청담스님은 낯선 비구니로부터 정중한 인사를 받았다.
"그래, 무슨 일로 나를 찾아왔다는 말인고?"
"예, 감히 말씀드리기 죄송하오나 불교정화운동을 벌이신다 하기에 한 말씀 올리고자 이렇게 찾아뵈었습니다."
"정화운동에 대해서 할 말이 있다는 말인가?"
"예, 그렇습니다."
"그래, 무슨 얘기인지 어디 한번 해보시게."
"예, 스님들께서도 잘 아시고 계시리라 믿습니다만, 그동안 저희 비구니들 형편도 말씀이 아니었사옵니다."
"그야, 물론……어려웠을 테지……."
"다 쓰러져가는 암자라도 하나 얻어 들어가서 빗물이라도 새지

않게 손질을 하고, 탁발을 해서 밭 한 뙈기 논 마지기라도 만들어 놓고, 양식걱정이라도 면할 정도로 신도들이 늘어나면…… 저희 비구니들은 어김없이 그 절을 빼앗겨 오곤 했사옵니다…….”

"그, 그랬을게야…… 모든 것이 권세로 보이고, 모든 것이 재물로만 보이는 저 사람들 눈에는 비구니 암자라고 해서 달리 보일리가 없었을 테니까.”

"……뿐만 아니라, 저들은 비구니들의 힘없고 권세없음을 얕잡아보고는 철마다 과다한 분담금을 강요하고, 그 요구를 들어주지 않으면 암자에서 쫓아내는 일이 다반사였습니다.”

"……그래, 비구들도 그러한 일을 수없이 당해왔으니, 비구니들이야 더 이상 말해 무엇하겠는가, ……그래서 대체 무슨 말을 하려고 그러는겐가?”

"예, 이번에 시작하신 불교정화운동에 저희 비구니들도 동참할 수 있도록 허락해 주십시오, 스님…….”

"뭐? 불교정화운동에 비구니들도 동참하게 해 달라구?”

"예, 스님, ……저희 비구니들도 죽기를 두려워하지 아니하고 신명을 다 바쳐 정화불사에 동참할 것이오니 허락하여 주십시오.”

"……그러면, 그대들도 정화불사에 떨쳐나서겠다는 말인가?”

"그렇사옵니다, 스님. 부처님께서 이르신 청정계율을 바로 세우고 부처님의 가르침을 바로 펴는 일에 어찌 비구니라고 해서 구경만 하고 있을 수 있겠사옵니까?"
 비구니의 말을 들은 청담스님은 한참동안 고개만 끄덕이고 있었다. 청담스님은 마주앉은 비구니의 얼굴을 쳐다보았다. 조금도 흔들림이 없을 듯한 숙연한 몸가짐이었다.
 "고마운 일이구만…… 고마운 일이야."
 불교정화운동에는 비구니스님들도 나서게 되었다. 그러나 불교정화운동은 결코 순탄하지만은 못했다. 정화운동을 추진하는 스님들 사이에서도 의견이 엇갈렸다. 혁명적인 불교정화를 주장하는 쪽과 점진적인 개혁을 주장하는 쪽으로 나뉜데다가, 권세와 재물을 한 손에 쥐고있던 왜색승려들의 저항이 만만치 않았던 것이다.
 "혜정아ㅡ."
 "예, 스님."
 "불교정화를 추진하는 데 명심해 두어야할 것이 있느니라……."
 "예, 스님."
 "……스님들 중에 어떤 스님들은 사찰 30여개만 받아내자고 주장하는 분들도 있고, 또 어떤 스님들은 왜색승려들의 승려자격을 당대에 한해서 인정해주고 점진적으로 정화를 해나가야 한다는 분들도 있다……."
 "예, 스님."
 "그러나 불교정화는 그렇게 뜨뜻미지근하게 해서는, 참다운 불

교정화가 이루어지지 못할 것이야."

"예, 스님."

"불교정화는 이번 기회에 완벽하게 달성해내야 한다. 어떠한 희생을 치르더라도 반드시 이번에 완성을 해야 해! 그러니 너희들은 각별히 마음가짐을 새롭게 해야할 것이야. 각오를 단단히 해야 한다는 말이다……!"

"예, 스님, 명심하겠습니다."

1954년에 본격적으로 시작된 불교정화운동은 많은 사건들을 동반했다. 여러 차례의 비구, 비구니대회는 물론이요, 데모와 할복사건, 유혈충돌과 법정투쟁 등 많은 희생과 우여곡절을 겪어야만 했다. 그런 가운데서도 청담스님이 주장한 정화이념만은 흔들리지 않았다.

한 치의 양보도 없는 완벽한 주장이었고 정화이념이었다.

〈……첫째로 우리는 부처님의 정법(正法)에 의거하는 청정한 수도승단(修道僧團)을 재건해야 할 것이며, 둘째로 우리는 출가(出家)와 재가(在家)를 엄격히 하여 사부대중(四部大衆)의 분한(分限)을 명백히 하여 출가승려는 수행(修行)과 교화(敎化)에 전념케 하고, 재가신도(在家信徒)는 종단의 외호(外護)에 전력하도록 종단체제를 정비할 것이며, 셋째는 불교대중화를 위한 포교(布

教), 역경(譯經)의 현대화를 도모할 것이며, 넷째로 불교의 백년대계를 위해 도제양성(徒弟養成)에 중점을 둘 것이며, 다섯째로는 호국신앙에 의한 국권의 수호와 국력부강, 나아가서는 자비(慈悲)와 봉사에 의한 인류의 영원한 번영과 평화에 기여해야 할 것이니, 이것은 곧 부처님 본래의 가르침이요 당부하심이라, 우리는 이를 위해 우선 이 나라 불교를 불교본래의 모습으로 바로잡고자 하는 것이오…….〉

청담스님이 외친 이 불교정화의 이념과 목표는 전국적인 지지와 호응을 얻어 서울 종로구 견지동에 자리잡은 태고사(太古寺)를 접수하기에 이르렀다. 이때 사찰이름을 조계사(曹溪寺)로 고쳤으니, 대한불교조계종의 새로운 출발이었다.

1955년 8월 28일, 새로운 통합종단의 출현과 함께 청담스님은 종단의 행정수반인 총무원장에 취임하게 되었던 것이다.

그동안 난장판이 되어있던 종단 살림을 본궤도에 올려놓기 위해 청담스님은 선학원에 머물면서 조계사를 내왕하고 있었다. 그러던 어느 날 저녁 선학원에서였다. 청담스님은 혜정수좌를 불렀다.

"혜정아, 먹 좀 갈아라."

"예, 스님. ……또 무슨 글 쓰시게요?"

"오냐, 몇 점 또 써야되겠구나."

"또 누구 주시려구요, 스님?"

"빈털터리 종단 살림에 보태라고 시주들을 해주시는데 달리 보답할 길이 있어야지……. 그래서 글이라도 써 드리려고 그런다."

"……하온데 스님."

"왜?"

"죄송하옵니다만, 스님의 글씨 말씀입니다……."

"내 글씨? 그래 내 글씨가 어떻다는 얘기냐?"

먹을 갈던 혜정수좌는 겸연쩍게 웃고 나서 말했다.

"아니 뭐, 어떻다기 보다도요……스님의 이런 글씨도 글씨라고 할 수 있는 것이옵니까, 스님?"

혜정수좌의 이러한 질문도 무리는 아니었다. 혜정수좌가 보기에, 청담스님의 글씨는 그야말로 붓가는 대로 마음내키는 대로 내갈기는 그러한 글씨였다. 혜정수좌의 말을 듣고나서 청담스님은 한참동안이나 호탕하게 웃어댔다.

"허허, 이런 녀석을 보았는가! 아니 그래, 내가 쓰는 글씨도 글씨 축에 들어가느냐고?"

"아, 아뇨……그런 뜻으로 말씀드린건 아니구요, 스님……."

"얘, 이녀석아! 뭘 알려거든 제대로 알아둬라. 천자문 책이나 서예교본에 쓰여진 대로 규격에 맞춰 쓰는 것은 글자라고 하는 것이고, 나처럼 이렇게 규격을 초월해서 쓰는 것을 글씨라고 하는게야,

인석아."

"아니 그럼, 스님. 규격에 맞게 반듯반듯하게 쓴 것은 글자라고 하고, 스님이 이렇게 멋대로 쓰신 건 글씨라구요……?"

"혜정이 네가 아직 눈이 나빠서 글자와 글씨를 제대로 구별하지 못해 그렇지, 아, 인석아! 이 글씨가 어디가 어때서 그래, 응? 허허허허……."

"스님의 말씀을 듣고보니 스님의 글씨가 정말 명필같아 보이는데요, 후훗……."

"에이끼, 녀석! 수행자가 쓰는 글씨는 명필이라 하지않고 선필(禪筆)이라고 하는게야 인석아, 응? 허허허……."

이 무렵, 옛 속가의 둘째 딸이었던 묘엄수좌는 어엿한 비구니가 되어 있었다.

"그래, 묘엄수좌는 이제 수행하는데 이력이 붙었으렷다?"

"……예 스님, 그동안 사교과 대교과를 모두 마쳤습니다."

"장한 일이로구나. ……그래, 혹시 출가득도한 것을 후회한 일은 없었더냐?"

"아, 아니옵니다 스님. ……스님께서 출가득도하도록 배려해 주시고 인도해주신 것을 늘 마음 속으로 감사드리고 있사옵니다."

"네가 정녕 감사히 여긴다면 그것은 나한테 감사할 일이 아니라, 부처님께 감사를 드려야 할 것이니라……."

"예 스님, 명심하겠습니다."
"큰 자비를 크고 넓게 베풀려하면 독신수행자가 제일이니라……."
"명심하겠습니다, 스님."
1957년 봄, 청담스님이 총무원장직을 맡고있던 때였다. 선학원에서 사무를 보던 한 거사(居士)가 고향에 다녀오면서 웬 젊은이를 데려와, 스님에게 인사를 시키고 제자로 삼아주기를 간청했다.
"그래, 네 이름이 무엇이라고 하느냐?"
"예, ……근배라고 하옵니다."
"네, 아버님이 상주에 사시는 이(李)거사님이라고 하셨지?"
"예, 그러하옵니다."
"그래……, 내 이제 생각이 나는구나 ……네 부모님, 그리고 네 외삼촌들하고는 인연이 깊었느니라. 해방전 속리산 동관암에 있을 때 같이 있었으니까……."
"예……."
"그때는 네가 아마 어린 애기였을게야."
"예……."
"그래, 너는 학교를 어디 다녔느냐?"
"대전에서 공업고등학교를 나왔습니다."
"그러면 그동안…… 어디서 무얼 했었다고? 오, 참…… 대구 화계사 성전암에서 성철스님을 모시고 있었다고 했지?"

"예……."

"허허허, 그 성철스님은 좀처럼 상좌를 삼지 않으시는 스님이다."

"예……."

"그러면 내 밑에서 공부를 해 보겠느냐?"

"예, 허락해 주십시오……."

"그럼 오늘부터 내 시봉을 맡도록 해라, 마침 시봉 맡았던 녀석이 가고 없구나……."

"예 스님, 감사합니다."

선학원에서 사무를 보던 노석준 거사를 따라온 젊은이는 청담스님에게 공손히 절 삼배(三拜)를 올렸다. 이날 청담스님의 제자가 된 스님은 훗날 서울 안암동 중앙승가대학 학장이 된 이혜성(李慧性)스님이었다. 혜성스님은 1957년 음력 4월 보름, 청담스님으로부터 법명을 받고 선학원에서 출가득도 했는데, 법명을 받기도 전에 시봉을 맡은 제자였다.

이때 청담스님은 총무원장직과 해인사 주지직을 겸임하게 되었다. 수좌 정천스님은 해인사 중봉암에서 용맹정진을 하고 있었으며 고성 문수암은 혜명스님이 맡도록 했고, 고성 운흥사 주지로 보냈던 혜정을 다시 불러 해인사 재무를 맡기는 한편 혜광스님은 해인

사에서 서기일을 보도록 했다. 그러나 이무렵 총무원 재정은 빈털터리나 마찬가지여서 늘 쪼들리는 형편이었다. 더구나 정화불사를 계속하기 위해서는 많은 돈이 필요했다. 청담스님은 제자들에게 재정지원을 부탁하는 입장이 되었다. 고성 문수암에서 주지를 맡고 있던 혜명스님은 청담스님의 이러한 사정을 보다못해, 문수암 농사 짓는 소를 팔아 총무원 운영자금으로 보내오기도 했다.

언젠가는 백발이 성성한 어느 노보살이 조계사로 청담스님을 찾아왔다.

"아이고, 우리스님. 허구헌날 이렇게 정화불사 하시느라고 고생만 하셔서 어쩐답니까, 세상에! ……이거 얼마 안됩니다만, 이 돈으로 약이라도 한 재 지어 잡수십시오, 스님."

"허허, 보살님 이거……이러시면 아니되십니다."

"아닙니다요, 스님. 스님들 덕분에 절간에서 살림하는 꼴 안보게 돼서 좋구요. 아……그리고 그, 뭡니까…… 절간에서 애들 기저귀 꼴 안보게 돼서 속이 다 후련합니다……."

노보살은 돈봉투를 꺼내 놓았다.

"제발 약이라도 한 재 지어 잡수세요, 스님……."

노보살은 돈봉투를 밀어놓고 서둘러 방문을 나섰다.

"허허 이런……조심해서 살펴가십시오, 보살님……."

노보살의 모습이 사라지자 스님은 곧바로 혜성수좌를 불렀다.

"얘—, 혜성아."

"예, 스님."

"이 돈 이거 총무원에 입금시키도록 해라."

"아, 아닙니다요 스님, 이 돈은 스님 약 지어 잡수시라고 놓고 간 건데요, 스님……."

"허허, 거, 쓸데없는 소리."

"아, 방금 노보살께서 스님 약 지어잡수시라고 놓고가지 않았습니까, 저도 다 들었습니다요, 스님."

"인석아! 지금 총무원에는 전화요금도 두 달치가 밀렸지, 우표 값도 옹색하지, 양면괘지 외상값도 못주고 있는데……어서 입금시켜서 총무원 살림에 보태도록 해……."

"……그렇지만, 스님……."

"허허, 그녀석, 시키면 시키는대로 들을 것이지……지금 총무원 살림이 거덜날 지경인데 나 혼자 오래 살자고 약을 지어 먹으란 말이더냐? 어서 갖다 입금시켜, 인석아! ……아, 어서……!"

"……그렇게 하도록 하겠습니다, 스님."

빈약한 종단의 재정으로나마 불교정화 운동은 어떻게해서든지 계속해 나가야했다. 종단의 총무원장을 맡은 청담스님으로서는 해인사로부터 재정지원을 받지 않고는 다른 도리가 없었다. 그래서 해인사에서는 농사지은 쌀을 팔아 총무원으로 올려보내곤 했다. 이

때문에 해인사에 있는 스님들이 못마땅해 한 것은 당연한 일이었다.

이 무렵, 해인사 재무를 맡고있던 혜정스님은 정화불사를 위해 노심초사하는 스님의 건강을 걱정한 나머지 산삼 한 뿌리를 사다가 닳여왔다.

"약 드시지요, 스님."

"……무슨 약이더냐?"

"예……저, 산삼이옵니다. 스님."

"산삼이라니?"

"백 년 묵은 산삼이라고 했습니다, 스님."

"무엇이? 백 년 묵은 산삼?"

"예……."

"아니 인석아, 이 귀한 산삼을 어떻게 닳여오게 되었더란 말이냐?"

"스님께서는 아실 일이 아니오니, 어서 드시기나 하십시오."

"내사 싫구나!"

"예에? 아니……드시기 싫으시다니요, 스님?"

"이 귀하고 비싼 산삼이 어떻게 해서 이 절에 들어왔으며, 어떻게 해서 내 앞에 닳여오게 되었는지 그 내력을 알기 전에는 먹지 않을 것이다."

"아니옵니다, 스님. 스님께서는 그 점에 대해서 조금도 염려하시지 마십시오, 제발……."
"글쎄, 어떤 내력이냐니까?"
"예, 이건……제가 저 가야산에 올라갔다가 우연히 캔 것이옵니다, 스님."
"……정말로 네가 캔 것이란 말이냐?"
청담스님은 두 눈을 크게 뜨고 혜정수좌의 얼굴을 한참동안이나 쳐다보고 있었다. 혜정스님은 눈길을 피하기 위해 목소리를 다듬고 나서 다시 말했다.
"예, 정말입니다. 제가 캤습니다. 식기 전에 어서 드시구요, 더욱 건강하셔서 정화불사를 깨끗이 마치십시오……스님."
"거, 참 이상한 일이로구나!"
"뭐가 말씀입니까?"
"아니 그래, 네가 어떻게 산삼을 알아보고 캤다는 것인지 이상하지 않느냐?"
"……저도 처음에는 산삼인지 뭔지 모르고 캤습지요. 그런데 가지고 내려와서 물어봤더니 틀림없는 산삼이라는 것이었습니다. 스님."
"그렇다면 이 귀한 산삼을 어찌 나 혼자만 먹겠느냐? 너 하고 나눠 마시자……."

"아, 아니옵니다, 스님. 저는 아직 젊으니까 이 다음에 캐면 그때 먹겠습니다. 스님, 어서 드십시오……."

스승의 건강을 염려한 제자는 엉겁결에 거짓말을 한 것이었다. 그러나 해인사 재정으로 산삼을 사서 그 산삼을 청담스님이 닳여 먹었다는 사실이 알려지게 되었다. 마침내 소문은 번지고 번져서 청담스님의 귀에까지 닿고 말았다. 더구나 청담스님이 주도하고 있는 정화불사를 못마땅하게 여기고 있던 일부 승려들은 이 사실을 과장해서 소문을 퍼뜨리고 다녔으니, 스님으로서는 여간 심기가 불편한게 아니었다.

"너는 대체 어쩌자고 그러한 일을 저질렀단 말이냐?"

혜정수좌는 어찌할 바를 몰랐다. 혜정스님 또한 여간 불편한 노릇이 아니었다.

"……잘못 되었습니다. 스님, 용서하여 주십시오."

"너는 내 몸을 걱정해서 그랬을 것이다만, 그렇게 절 돈을 축내가며 보약을 닳여 먹이는 것은 나를 위하는 일이 아니라 나를 해하는 일이 된다."

"……잘못되었습니다, 스님. 참회하겠습니다."

혜정스님은 용서를 비는 수밖에 다른 도리가 없었다.

"주머니에 넣어둔 것이 아니니 다시 꺼내 돌려줄 수도 없는 일, 이 일을 대체 어찌하면 좋다는 말이던고?"

"죄송하옵니다. 스님, 하오나 이 일은 제가 알아서 처리하겠사오니 너무 염려하지 마십시오, 스님……."

"절의 재산은 곧 부처님 것이요, 그러한 부처님의 재물을 사사로이 써서는 안되는 법, 나는 이제 큰 빚을 짊어졌으니 대체 이 많은 빚을 언제 다 갚을 수 있을런지 그것이 걱정이구나……."

"아, 아니옵니다. 스님. 그건 어떻게 해서든지 제가 갚도록 하겠습니다."

"안될 소리! 네가 갚아야 할 몫이 따로 있고, 내가 갚아야 할 몫이 따로 있는 법. 그러니 너는 이제부터라도 명심해야할 것이니라."

"예, 스님."

"사찰의 재물은 부처님 것이요, 신도들이 가져다 주시는 시주물 또한 부처님 것! 한 푼 한 낲이라도 사사로이 쓰고, 나쁜 데 쓰고, 헛되이 쓰면 이것은 부처님께 큰 죄를 짓는 것! 세세생생 그 과보를 면치 못할 것이니 다시는 그러한 일이 있어서는 안될 것이야."

"예 스님, 명심하겠습니다."

"나 또한 참회할 것이니 너도 깊이 깊이 참회해야 할 것이니라……."

"깊이 참회하옵니다, 스님."

1957년 여름이 되었다. 청담스님은 제자인 혜연수좌를 데리고

해인사에 내려갔다. 해인사에 도착한 스님은, 이때 산삼값을 따로 마련해 가지고와서 해인사 종무소에 기어이 입금시켰다. 그리고, 웬 학생이 스님을 만나뵙기 위해 오래전부터 해인사에 와 있다는 말을 듣고는 곧바로 데려오라 일렀다.
 "그래, 네가 바로 나를 만나기 위해 와 있다는 그 학생이더냐?"
 젊은 학생은 이미 삭발을 한 채였다.
 "예, 스님."
 "이름이 무엇이라고 하느냐?"
 "예, 김성호라고 하옵니다."
 "흐흠―너는 아주 영락없는 승려상이로구나……! 헌데 집은 어디라고 했던고?"
 "저……부산이옵니다."
 "흐흠, 멀리도 왔구나, 그러면 학교는?"
 "예, 고등학교를 다녔습니다."
 "흐흠 그래, 그런데 머리는 언제 깎았느냐?"
 "저 사실은…… 스님을 만나뵈려고 이 해인사에 온 지 석 달이 되었습니다."
 "그래 석 달 동안이나 나를 기다리고 있었더란 말이냐?"
 청담스님은 청년시절에 수행자가 되기 위해 이 곳 저 곳 찾아 다니던 일이 언뜻 떠올랐다. 석 달 동안이나 기다리고 있었다는 학생의 얘기를 듣고, 청담스님은 청년시절의 자신의 모습을 마주 대하고 있는 것 같았다.
 "……그동안 그냥 얻어먹고 지내기가 죄송스러워서 머리깎고 공양간에서 행자노릇을 하고 있었습니다."
 "허허허……절밥을 거저 얻어먹기가 미안해서 스스로 행자가 되었더란 말이더냐?"
 청담스님은 껄껄 웃으며 말했지만, 기특하다는 생각이 들었다.
 "……그래, 나를 만나서 출가득도하여 수행승려가 되고 싶단 말이지?"
 "예, 스님."
 "머리를 깎는다고 해서 누구나 승려가 될 수 있는 것은 아니다."
 "하오나, 스님……."
 "그래, 출가승려가 되려면 무엇보다도 먼저 악한 기가 없어야 하느니라. 그래서 승려가 되려면 전생부터 닦음이 있어야 하고, 나머지 반은 수행을 통해 닦아야 된다고 하는게야."
 "하오면 스님 저는……."
 스님의 말을 듣고있는 청년은 불안했다. 조금이라도 빨리 허락을 얻고 싶었다. 스님은 청년의 얼굴을 다시 한 번 훑어보았다.
 "다시 봐도 너는 영락없는 승려상 그대로구나!"
 "하오면……허락을 해 주시겠습니까요, 스님?"

"열심히 공부를 하고 있으면 내년 사월 초파일에 승려가 되게 해 주마."

"감사합니다. 스님, 감사합니다."

젊은이는 자리에서 일어나 청담스님 앞에 공손히 절 삼배를 올렸다. 그러나 그 다음해 초파일에 청담스님은 해인사에 내려갈 형편이 못되었다. 사월 초파일을 며칠 앞두고 청담스님은 친히 편지를 썼다. 어린 학생과의 일년 전 약속을 잊지 않고 있었던 것이다.

〈……내 작년 여름, 부산에서 왔다는 김성호라는 아이와 약조를 한 바 있으니, 이번 초파일에 내 상좌로 계를 내리되 법명을 성도라 할 것이니라……〉

편지를 통해 스님으로부터 법명을 받고 출가득도한 성도수좌는 나중에 서울 조계사 앞 불교미술관 관장을 맡게 되었다. 성도수좌가 해인사 강원에서 사교과 대교과를 마치고 서울로 올라와 선학원에서 스님에게 인사를 올리고나서 공손히 여쭈었다.

"저, 스님?"

"왜 그러느냐?"

"이제는 제가 스님을 모시고 싶사오니 허락하여 주십시오."

"성도 네가 나를 모시고 싶다구?"

"예, 그렇사옵니다."
"나를 모시는 게 급한 일이 아니라 공부하는 일이 급하지……."
"저는 그동안 강원에서 사교과 대교과 공부를 다 마쳤습니다. 스님."

성도수좌의 얘기를 듣고난 청담스님은 다소 격앙된 목소리로 말했다.

"이 녀석아, 그 공부 가지고는 어림도 없다. 나를 모실 생각하지 말고 네가 너를 스스로 잘 모실 기틀부터 닦아야 되는게야."

"……예, 스님."

"어차피 서울에 올라왔으니 오늘은 여기서 자고, ……내 편지를 써줄 것이니 내일 오대산 월정사로 떠나도록 해라."

"분부대로 하겠습니다, 스님."

4·19 학생혁명이 일어난 뒤, 1960년 여름이었다. 나라 안은 여전히 시끄러웠다. 이때 청담스님은 총무원장직에서 물러나 한적한 곳에 머물고 싶어했다. 스님의 뜻에 따라 시봉을 맡고 있던 혜성스님은 양주군 수락산 흥국사(興國寺)를 인수하기 위해 교섭을 벌이고 있었다.

그러던 어느 날이었다. 우이동 삼각산 도선암(道詵庵)에서 설법을 요청하는 전갈이 왔다. 도선암에는 비구니 월명스님이 주지로 있었다. 청담스님은 혜성수좌와 함께 장장 십리가 넘는 산길을 올

라 도선암에 당도했다. 뜰에 올라서자 한 비구니가 합장하며 스님들을 반겼다.

"아이구, 큰스님 어서 오십시오."

"그대는 누구시던고?"

"예……저는 이 도선암 총무를 맡고있는 진관수좌이옵니다."

"어, 그러시던가……."

"이 험하고 먼 길을 친히 와 주시니 죄송스러워 몸둘 바를 모르겠사옵니다, 스님."

"아, 아니야, 올라오고 보니까 절터가 아주 좋구만 그래."

"정말 이 절터가 큰스님 마음에 드시옵니까?"

"마음에 들다마다……도선국사가 손수 지으셨다는 말씀만 들었는데, 과연 도선암은 명당자리에 서 있구먼, 그래. 응? 허허허…… 과연 명당이야!"

도선암은 청담스님의 마음에 쏙 들었다. 청담스님은 한참동안이나 도선암 경내를 둘러보기도 하고 뜰에 서서 주위의 산세를 살피기도 했다.

과연 명당이로다……!

스님은 혼자서 중얼거리며 삼각산의 풍경에 빠져들고 있었다.

17
삼각산 도선사의 주장자

쿵! 쿵! 쿵!

주장자(拄丈子)가 마루바닥을 세 번 울리자, 대중들의 웅성거림은 일시에 멈추고, 법당 안은 쥐 죽은듯 조용했다. 서울 우이동 삼각산 도선암 가사불사 법회에 초청된 청담스님의 설법이 시작되었다.

〈이 법회에 참석한 여러 대중들은 오늘 법을 구하고, 부처를 구하고, 복을 구하려고 여기 왔을 것인데 — 내 이 자리에서 분명히 이르노니, 법을 구하고, 부처를 구하고, 복을 구하려거든 여러 불자(佛子)들은 바로 지금 이 시간부터 대중들과 더불어 함께 살아가야 할 것이니, 어떻게 사는 것이 대중들과 함께 사는 것인가? ……다른 중생이 병들어 있으면 함께 아파하고, 다른 중생이 배고파하면 함께 배고파야 하고, 다른 중생이 헐벗으면 함께 헐벗어야 하고, 다른 중생이 기뻐하면 함께 기뻐해야 할 것이니 바로 이것이 중생과 더불어 함께 사는 것! ……둘을 가진 사람은 하나를 나누어 주어야 할 것이요, 하나를 가진 사람은 반을 나누어 주어야 할 것이요, 반을 가진 사람은 반의 반을 나누어 주어야 할 것이니, 그마저 없는 사람은 내 몸을 바치고 내 마음을 바쳐서라도 남에게 봉사하고 이로운 일을 해주어야 할 것이니, ……남에게 나누어 준다는 생각없이 나누어 주어야 할 것이요, 남에게 봉사한다는 생각도 하지 말고 봉사를 하는 것, 바로 이것이 참 보시(布施)요, 참 보살행(菩薩行)이요, 법을 구하고, 부처를 구하고, 복을 구하는 열쇠가 될 것이요…!〉

쿵, 쿵, 쿵!
설법을 끝마치는 주장자 소리가 다시 한번 마루바닥을 세 번 울렸다. 이날 도선암 법회가 모두 끝난후, 총무를 맡고 있던 진관 비구니 스님이 혜성스님을 한쪽으로 안내했다.
"……저, 혜성수좌님."
"예."
"큰스님께서 이 도선암 터가 아주 마음에 드신다고 그러시던데

요……"

"아, ……예, 사실은 저도 올라와보니 절터가 아주 좋아보이는데요."

"수좌님도 정말 이 절터가 마음에 드십니까요?"

"예, 아주 좋습니다."

"그러면 말씀예요, 수좌님……"

진관 비구니 스님은 잠시 머뭇거렸다.

"……예, 무슨 말씀이신지요?"

"주지스님께서 이 암자를 그만 내놓고 싶어하시는데요."

"이 암자를 내놓고 싶어하신다구요?"

"예에…… 그래서 말씀인데요. ……수좌스님께서 이 암자 맡으시면 어떠시겠어요?"

"이 암자를 저더러 맡으라구요?"

"큰스님께 잘 말씀드려 보시면 어떨까 해서요. 마음에 들어 하셨으니……"

"아, 알겠습니다. 한번 말씀을 드려보지요."

혜성수좌는 청담스님께 조용히 여쭈었다.

"저, 스님."

"왜 그러는고?"

"아까 이 암자에 올라오셔서 절터가 아주 좋다고 그러셨지요?"

"그래…… 암자 뒤로는 산세가 우람하고 앞으로는 물이 철철 흘러 내려가고 ……저기를 좀 봐라, 저 동남쪽으로 앞이 아주 시원하게 트이지 않았느냐."
"정말 그렇군요. 스님."
"게다가 이 새소리를 좀 들어보아라."
청담스님은 뜰에 선 채로 손가락으로 좌우 앞뒤 산세와 개울을 가리켜 가며 혜성수좌에게 풍수를 가르치듯 했다.
"정말 좋습니다. 스님."
"그래…… 서울 근교에 이토록 산세 좋고 물좋고 경치까지 좋은, 이렇게 앞이 툭 트인 암자가 있을 줄은 정말 몰랐구나."
"정말 스님 마음에 쏙 드십니까?"
혜성스님은 다시 한번 여쭈었다.
"마음에 들다마다…… 그리고 너 저 벼랑에 새겨진 석불상을 뵈었느냐?"
"아, 아직 못가 뵈었습니다. 어디 말씀이신가요, 스님?"
"법당 오른쪽 비탈 위, 저 바위 앞면에 석불이 모셔져 있던데, 아주 오래전에 새겨진 불상이셨다."
"저, 스님."
"왜 그러는고?"
"이 암자는 도선국사께서 지으셨다고 그러셨지요?"

"그래…… 신라 경문왕 때 도선국사께서 창건하셨다니까 천 년도 더 된 암자지……"

"저…… 그럼 스님, 이 암자에 우리가 들어오면 어떻겠습니까요?"

"우리가 들어오면 어떻겠느냐?"

청담스님은 혜성수좌를 돌아다 보면서, 가망없는 소리 하지말라는 식으로 입술을 내밀어 보였다.

"에이끼 녀석! 그런 소리 함부로 하는게 아니다. 비구니들이 가람수호 열심히 잘하고 있는데, 무슨 그런 헛소리를 하고 있는게냐?"

"아, 아닙니다요, 스님."

"아니기는 인석아! 그런 소리 비구니들이 들으면 섭섭해 할게다."

"저 비구니 스님들이 그만 이 암자를 떠나고 싶어하신다는데요."

"그래? 떠나고 싶어한다구?"

"예, 스님."

"아니 그게 정말이더냐?"

청담스님은 눈을 크게 뜨고 다시 한번 물었다.

"이곳 총무스님이 그러셨습니다."

"그렇다면…… 정말로 그렇다면, 아주 잘 됐구나! 우리가 들어 오자꾸나, 응?"

때마침 서울을 벗어나 한적한 곳을 찾아서, 이곳 저곳을 두루 알아보고 있던 터였으므로, 청담스님은 두말없이 도선암으로 옮길 것을 마음먹었다. 도선암은 입지조건이야 두말할 나위없이 좋았지만, 오래도록 보수를 하지 않아 쇠락할대로 쇠락한 천 년 암자였다. 도선암으로 거처를 옮긴 청담스님과 혜성수좌는 법당 손질부터 시작했다. 멀고 가파른 산속에 묻혀있던 초라한 암자는 큰 가람으로 그 모습이 차츰차츰 변해갔다. 그러나 도선암을 찾는 참배객도 별로 없었고, 교통 또한 불편하기 짝이 없었다. 시외버스에서 내려 이십 리도 넘는 산길을 걸어서 오르내려야 했다.

도선사로 거처를 옮긴 후, 청담스님은 늘 육환장을 짚고 멀고 먼 산길을 오르내렸다.

그러던 어느 날이었다.

"이것보아라, 혜성아."

"예, 스님."

"바로 이 자리에 큰 건물을 한 채 지어야겠다."

"여기다 건물을 지으시겠다구요?"

"그래, 삼층 짜리로 짓고 싶구나."

"예에? 아니 스님, 이 곳에 어떻게 삼층짜리 건물을 지으신다는

말씀입니까?"

"너는 도대체 무엇을 보는게냐? 이만한 넓은 터에 어째서 삼층짜리 건물을 못짓는다는 게야."

"터가 비좁다는 말씀이 아니라요, 스님……"

"그러면 무엇이 안된다는 거야?"

"지난번 지붕이 새서 기왓장 바꾸는 데도 얼마나 애를 먹었습니까…… 저기 저 산밑에서부터 일일이 다 지게에 져서 옮기지 않으셨습니까, 스님?"

"그래, 지게로 짊어져서 옮겼지."

"……시멘트 한 포대, 모래 한 짐도 모조리 지게에 짊어지고 올라와야 하는데, 여기다 삼층짜리 큰 건물을 새로 짓겠다 하시니 그 많은 시멘트, 그 많은 벽돌, 그 많은 모래, 그 많은 목재들을 무슨 수로 누가 지게로 짊어져 올립니까, 스님?"

길게 말하는 혜성수좌를 지켜보더니, 청담스님은 타이르듯 조용히 말했다.

"이것 보아라."

"예."

"너 토함산 석굴암에 가 보았느냐?"

"그야 가보았습니다."

"그 석굴암 부처님도 뵈었으렷다?"

"예."

"그 험한 산속, 그 가파른 산위에 그 큰 돌덩이들을 옛사람들이 과연 어떻게 그곳까지 운반해 갔을까 생각해 본 일이 있느냐?"

"아, 아니요. 그건 미처 생각해보지 못했습니다. 스님."

"아득한 신라적, 그 멀고 먼 옛날 깊은 산속에 신작로가 있었겠느냐?"

"그야…… 없었습니다. 스님."

"그러면 멀고 먼 그 옛날에 자동차는 있었느냐?"

"없었습니다."

"요즘 세상처럼 기중기는 있었느냐?"

"없었습니다."

"헬리콥터는 있었느냐?"

"……"

혜성스님은 더 이상 대답을 하지 못했다.

"그래…… 도구라고는 아무것도 없고, 기계라고는 아무것도 없던 그 옛날에도 우리 조상님들은 신앙심 하나로, 정성 한 가지로 그 험하고 가파른 산속까지 큰 돌덩어리들을 운반해다가 바로 그곳에 석굴암을 세우고 바로 그 안에 그토록 큰 부처님을 조성해서 모셨다……."

가만히 듣고만 서있는 혜성수좌에게 스님은 다시 한번 짧게 물었

다.
"……그렇지?"
그리고 나서 청담스님은 혜성수좌를 바라보면서 다짐하듯 말했다.
"나는 여기에 삼층짜리 호국참회원을 지을 것이야. 알겠느냐?"
"……예, 스님……"
청담스님은 기어이 호국참회원을 우람하게 세우기로 원을 세웠다. 그러나 제자들의 눈에는 불가능한 일로만 보였다. 그런데 이 무렵, 도선사에는 음력 초하루와 보름날이면 한 번도 빠지지 않고 불공을 드리러오는 호호백발(皓皓白髮)의 할머니가 있었다.
"노보살님, 오늘도 또 오셨습니까?"
"아이구…… 예, 큰스님. 불공이야 정성으로 드리는 건데, 오다 말다하면 효험이 있겠습니까요? ……아이구 숨차, ……나무관세음보살……"
"이제는 며느리더러 불공드리라 하시고 집에서 편히 계시면서 염불을 하시도록 하십시오. 보살님……"
"아이구, 아니예요 ……큰스님. 불공도 불공나름이지…… 젊은 것들이 어디 내 정성만 같겠습니까요…… 나무관세음보살……"
염주를 굴리며 비탈길을 내려가는 호호백발 할머니의 뒷모습을 바라보다가, 청담스님은 제자들을 불렀다.

"너희들은 어떻게 생각하느냐? 저 호호백발 노보살이 과연 기력으로 이 산길을 올라오셨겠느냐, 아니면 부처님을 믿는 지극정성으로 올라오셨겠느냐?"

"그야 지극정성, 그 힘으로 올라오셨습니다."

"바로 보았느니라. 공부를 하든, 사업을 하든, 건물을 짓든, 지극정성 그것이 없으면 되는 일이 없느니라…… 다들 알아 들었느냐?"

"예, 스님 ……명심하겠습니다."

거처를 도선사로 옮겨와서도 청담스님의 불교정화를 위한 노력은 계속됐고, 언제나 바쁜 나날을 보내고 있었다. 바로 이 무렵, 경남 고성 문수암에 있던 정천스님이 웬 젊은이를 조계사로 데리고 와서 스님에게 인사를 시켰다.

"그래, 이름이 무엇이라구?"

"예, 박재근이라 하옵니다."

"박재근이라? 고향은 고성이라고 했더냐?"

"예, 고성군 하이면 석지리입니다."

"군대는 다녀 왔느냐?"

"예."

"그래……정천이한테 들으니 네가 출가득도하기를 원한다구?"

"그렇사옵니다, 스님."

"어떤 까닭으로 출가득도하려고 그러느냐?"

"예, 저는 어렸을적부터 어머님을 따라 고성 운흥사 천진암에 다녔사온데, 왠지 절에만 가면 즐거웠고 그래서 늘 스님이 되는게 소원이었습니다."

"흐흠, 그러고보니 너는 전생에서부터 불도를 닦았던 모양이로구나…… 정녕 출가를 해야겠느냐?"

"예, 스님."

"그럼 어디, 있어보아라."

"감사합니다, 감사합니다, 스님."

"정천이 따라서 삼각산 도선사에 가 있도록 해라."

정천스님을 따라 고성에서 올라온 박재근이란 청년은 현성(玄惺)이라는 법명을 받아 청담스님의 새로운 제자가 되었다. 박현성스님은 나중에 도선사 주지를 맡았다. 주지로 있으면서 도선사의 법당을 중창하고 석불전을 정비하고 일주문을 세우고 요사체를 다시 짓는 등 많은 대작불사를 일으켰다.

입산초기의 현성수좌는 공양주 채공(菜供)을 거쳐 이십 리가 넘는 산길로 시멘트나 모래를 짊어지고 다니느라고 어깻죽지며 등가죽이 시퍼렇게 벗겨질 지경이었다.

그러던 어느 날이었다. 청담스님이 갑자기 하반신 마비증상을 일으킨 것이다. 현성과 정천수좌는 급히 들것을 만들어 스님을 모시고 산길을 내려가게 되었다.
 "허, 현성아."
 들것에 실린 스님이 가는 목소리로 불렀다.
 "예. 스님."
 "여, 여기서 잠깐 쉬어가자."
 두 수좌는 들것을 조심스럽게 내려놓고 숨을 돌렸다.
 "이것보아라, 현성아."
 "예, 스님."
 "이 육신이라고 하는 것, ……이것이 얼마나 허망한 것인지 제대로 봐야 한다."
 "……"
 "중생들은 누구나 내 몸, 내 팔다리, 그렇게들 말하지만 내 몸, 내 팔다리마저 내 마음대로 되지 않는 것, ……어찌 진정한 나의 것이라고 할 수 있겠느냐."
 "……"
 "내 몸 내 팔다리마저 진정한 나의 것이 아니거늘 하물며 다른 것은 일러 무엇하겠느냐. 땅이고 집이고 돈이고 벼슬이고 그것들 모두 진정한 나의 것은 없느니라."
 "예 스님, 명심하겠습니다."
 "그리고 현성아."

"예, 스님."

"내가 그동안 불교정화운동을 해오면서 많은 사람들을 절에서 나가게 했으니 나에게 원한을 품은 사람이 많을 것이다. ……그중에서 누군가가 이런 산중에서 덤벼들어 나를 두들겨 패기라도 한다면, 너는 대체 어떻게 하겠느냐?"

"만일에 그런 녀석이 있다면 제가 덤벼들어 때려 눕히고 말것이니, 스님께서는 조금도 걱정하지 마십시오."

"이 녀석아, 그것은 출가수행자가 할 짓이 아니다!"

"예에? 아니 그럼, 그냥 보고만 있으라는 말씀이십니까, 스님?"

"만일 내가 그러한 일을 당하면 너는 나한테 이렇게 말해야 한다.─스님, 인과응보를 믿으십시오. 모든 것은 자업자득이요, 자작자수이니 인과응보를 받아들이십시오─이렇게 말해야 한다. 내 말 알겠느냐?"

"……예. 스님."

청담스님은 현성수좌에게 뿐만아니라 혜정수좌, 혜성수좌에게도 기회있을 때마다 이렇게 다짐하곤 했다. 그야말로 인욕보살의 화신(化身)이었다.

옛 속가의 둘째딸인 묘엄수좌에게도 늘 엄격했다.

"묘엄이 네가 강의를 한다구?"

"예, 스님."

"남을 가르친다는 것은 쉬운 일이 아니다."
"예 스님, 잘 알고 있사옵니다."
"학인들이 열이건 스물이건 백이건 천이건…… 언제나 평등심을 잃지 말아야 한다."
"명심하고 있습니다. 스님."
"속 상하는 일, 억울하고 분한 일, 그런 일을 당하고 겪더라도 모든 것이 인과응보라는 것을 잊어서는 안될 것이야."
묘엄수좌가 수원 봉녕사 비구니강원에서 후학들을 가르치고 있다는 말을 듣고 내심으로는 기뻐하면서도 만날 때마다 반복하는 충고이자 다짐이었다.

18
성불을 한 생(生) 미루더라도

　청담(靑潭)은 불교계의 정화를 위해 태어난 스님이라는 소리를 들을만큼, 그야말로 정화불사를 위해 모든 것을 바쳤고 또한 모든 것을 버렸다.
　종단이 통합된 후에 조계종의 총무원장을 시작으로 종회의장, 해인사 주지, 도선사 주지, 동국학원 이사장, 그리고 1966년에는 통합종단 2대 종정(宗正)을 지냈다. 종교인협의회 의장단에 피선됐는가 하면, 대한불교조계종 장로원장을 지내기도 했다. 그러다가 정화불사의 마무리를 위해서 또다시 총무원장을 맡았다.
　종정을 지낸 대종사(大宗師)가 총무원장을 다시 맡는 일은, 그야말로 전에도 없었고 후에도 없을 일이었다. 제자들은 청담스님의 처신을 쉽게 이해하려들지 않았다. 그럴 때마다 스님은 제자들을 불러놓고 말했다.
 "종정까지 지내놓고 어찌 그보다 아랫서열인 총무원장을 다시 맡느냐? 나도 너희들의 말뜻을 모르는 바가 아니다. 대통령을 지낸 사람이 어찌 국무총리를 맡을 수 있느냐, 그런 말이지? 그러나 너희들, 수좌들은 잘 들어라. ……나는 불교정화를 완성하기 전에는 성불도 미룰 것이요, 내 생전에 불교정화를 완결짓지 못하면 내생(來生)에도, 그 다음 생에도 기어이 출가득도 하여 반드시 정화불사를 완성할 것이야! 나는 불교정화를 위해서라면 행자직도 마다하지 않을 것이요, 수위직도 싫다하지 않을 것이요, 그 어떤 허드렛일까지도 마다하지 않을 것이다!"
 청담스님이 도선사에 주석(住席)하고 있을 때였다. 박대통령 영부인 육영수 여사는 그 멀고 험한 산길을 걸어서 경호원도 없이 도선사에 올라와 석불전에 불공을 드리고는 했다.
 "스님, 육여사께서 스님께 인사부터 여쭙겠다 하옵니다."
 "이것보아라, 현성아!"
 "예, 스님."
 "누구든지 절에 왔으면 부처님께 인사부터 여쭤야 할 것이다."
 "예, 스님. 그렇게 하도록 하겠사옵니다."
 이때 현성스님은 도선사의 원주(院主)를 맡고 있었다. 절살림을 도맡아 하고있는 현성수좌로서는 몸이 달아오를 수밖에 없었다. 행

여 영부인이 서운해할까 하는 두려움을 떨칠 수 없었던 것이다.

"저 스님, 육여사가 며칠 묵고 가실 것이라 하온데, 어느 방으로 모셔야 옳겠습니까요?"

"이것보아라, 현성아!"

"예, 스님."

"골방 하나 치워주면 될 것이니 더 염려할 것 없느니라."

"하오나 스님……"

"허허, 거, 무슨 쓸데없는 걱정이던고?"

"하오나 스님, 대체 밥상을 어떻게 차려야 합니까요. 찬거리가 아무것도 없는데요."

"이것보아라, 현성아!"

"예, 스님."

"찬거리가 그렇게 없으면 원주의 마음을 싹뚝 베어서 차리면 될 일이거늘, 무슨 근심이 그리도 깊더란 말이냐?"

"예에? 마음을 베어서 찬상을 차리라구요?"

"일체유심조─모든 것은 마음으로 이루어지느니라."

원주 현성수좌는 청담스님의 말씀대로 빈찬이지만 정성들여 상을 차려들고 방문을 열었다.

방안에 앉아있던 육여사가 밥상 들어오는 것을 보면서 말했다.

"스님들께 폐를 끼쳐 어쩌면 좋습니까?"

"보살님, 이 찬상은 보잘 것 없사옵니다만, 이 원주의 마음을 베어 차린 것이오니 맛있게 잘 드십시오."

"원, 보잘 것 없다니요…… 조금전 큰스님 설법을 들었습니다만, 큰스님 도량의 모든 것은 마음으로 이루어진 것이라 하셨으니 벌써부터 기쁘기가 한량없습니다."

이때 현성스님이 넌즈시 물었다.

"보살님께서는 스스로를 위해 불공을 드리십니까, 아니면 국가와 민족을 위해 불공을 드리십니까?"

"그야, 둘 모두를 위해서지요."

육여사는 가벼운 웃음을 지으면서 대답했다. 육영수 여사는 도선사에서 일주일을 머물면서 석불전에 불공을 드리고 청담스님으로부터 '대덕화'라는 법명과 함께 보살계를 받았다.

"이것보아, 대덕화!"

"예, 스님."

"그대는 이제부터라도 보살행을 닦아야 해!"

"……어떻게 …… 닦아야 하나요, 스님?"

"남을 즐겁게 하는 것이 보살이요, 남을 이롭게 하는 것이 보살이요, 남을 살리는 것이 보살이야."

"그러면 오로지 남을 위해서만 살아라, 그런 말씀이시옵니까, 스님?"

"남을 위해서 살면 보살이요, 자기를 위해서 살면 중생인게야."
육여사는 가볍게 웃었다.
"알겠사옵니다. 스님……"
"그러니 대덕화, 그대는 앞으로 참다운 보살행을 많이 실천해야 할 것이야."
"예, ……하온데 스님?"
"왜?"
육여사는 또한번 가볍게 웃으면서 넌즈시 물었다.
"스님께서는 국모한테도 너너 하십니까?"
"무엇이라구, 국모?"
"옛날같으면 그렇다는 말씀입니다. 스님."
육여사는 여전히 웃는 모습이었다.
"그렇다면, 국모대접을 제대로 해줄테니 어디 한번 받아 보겠는가?"
"아이구, 아닙니다요 스님…… 스님께서 스스럼없이 너너 해주시니 꼭 친정 아버님을 뵌 것 같아서 제가 어리광 한번 부려봤습니다."
"허허허 ……어리광이라? 허허허허……"
목젖이 보일 것 같은 호탕한 웃음에 육여사도 따라 웃었다.
청담스님은 언제나 어디서나 일부러 권위를 내세우지 않았다. 억

울한 일을 당해도 결코 화내거나 대항하는 일이 없었다. 그래서 '인욕제일 이청담'이라는 별명을 얻었던 것이다. 또한 청담스님의 설법은 누구나 쉽게 알아들을 수가 있었다. 이러한 성품 때문에 영부인 육영수 여사도 허물없이 도선사를 찾았던 것이다.

"스님, 그만 내려가 보겠습니다. 편안히 잘 계십시오."

"내려가거든 보살행 많이 하도록 해야해."

"명심하고 있습니다, 스님. ……남을 즐겁게 하는 것이 보살이요, 남을 이롭게 하는 것이 보살이요, 남을 살리는 것이 보살이라 하셨습니다."

"그래, 바로 그것을 잊지 않으면 절밥 먹은 보람이 있을 것이야."

"사실은요, 스님. 저 이 도선사에 더 있고 싶어요……."

"허허 대덕화가 또 어리광을 부리는구만……. 그러다가 아주 쫓겨나면 어쩔려구? 어서 그만 내려가 봐!"

"……예 스님 ……그럼, 편히 계십시오."

육여사는 청담스님께 머리를 숙이고 합장했다.

스스로에게는 말할 수 없이 엄격했고, 제자들에게 가르침을 펼 때는 추상같이 호령하던 청담스님이었다. 어느날엔가는 도선사 아래로 흐르는 개울물에서 머리를 씻고있던 제자에게 고함을 질렀다.

"얘, 인석아, 너는 왜 그렇게 물을 함부로 쓰는게야?"

"예에? 물을 함부로 쓰다니요, 스님? 이건 흘러가는 개울물 아닙니까요."

"흘러가는 개울물이래도 아껴쓸 줄 알아야지, 개울물이라고 해서 그렇게 함부로 쓰고 비누칠을 마구해도 괜찮다더냐?"

"아이 참, 스님께서도…… 이 개울물은 저기 저 산에서 한없이 흘러내려오지 않습니까요."

"에끼. 이녀석아! 아무리 산에서 흘러 내리더라도 그렇지…… 너, 저 아래 계곡에서 이 물로 마을 사람들이 채소도 씻고 과일도 씻고…… 들놀이 나온 사람들은 이 물로 밥도 짓고 국도 끓이는걸 못봤단 말이냐?"

"……그, 그야 그렇습니다만……"

"쯧쯧쯧! 어째서 너희들은 눈에 보이는 것만 안다는 말이냐, 그래…… 정신차리거라 이 녀석아, 심청정(心淸淨) 국토청정(國土淸淨)이야!"

흐르는 개울물도 아껴쓸줄 알라는 말씀은 혜성수좌도, 현성수좌도, 그밖에 다른 제자들도 어김없이 그리고 수없이 들었다.

두 번에 걸쳐 세계불교도 대회에 참석하고 돌아온 청담스님은, 제자들에게 대학에 진학하도록 권유했고, 외국어를 열심히 배워두라는 말도 잊지 않았다. 스님은 무엇보다도 후학들을 양성하는 일에 소홀함이 없었다. 또한 불교포교의 현대화를 위해 역경사업(譯

經事業)을 중점적으로 지원했고, 의식의 현대화를 위해 밥을 지어 마지를 올리던 것을 못하게하고 그대신 생쌀을 올리도록 했다.

1970년의 일이었다. 청와대에서 청담스님을 초청한다는 기별이 왔다. 스님은 대통령으로부터 국민훈장 무궁화장을 받았다. 박정희 대통령은 훈장을 달아주면서 청담스님에게 말했다.

"큰스님 가사에다 이런 걸 달아도 괜찮겠습니까, 스님?"

"이게 모두 다 꿈속의 꿈의 일이거늘, 달거나 아니 달거나 무슨 상관이 있겠소이까."

청담스님의 이 한 마디 법문은 명쾌한 것이었다. 또한 이날, 박 대통령이 우리나라 불교도 현대화가 되었으면 좋겠다고 말하자, 청담스님은 대뜸 대통령의 도움을 청했다. 우리나라 불교를 현대화 하자면 무엇보다도 먼저 한문으로 되어있는 불교경전을 한글로 번역해서 펴내는 일이 시급하다는 것이었다.

불교정화운동이 어느정도 마무리 되어갈 무렵, 청담스님이 거처하던 도선사에 스님의 오랜 도반이었던 성철스님이 찾아왔다. 두 스님은 청운당에 올라 법담을 나누었다. 잠시후 원주를 맡고있던 현성스님이 공양상을 차려들고 청운당으로 올라왔다.

"공양상 올리겠습니다. 스님."

"그래, 들어오너라."

공양상을 바라보면서 성철스님이 물었다.

"잠깐, 원주는 대체 무엇을 차려왔는고?"

"예, 산해진미이옵니다. 옛날 부처님이 받으시던 천공입지요."

"허허, 이런 고얀 원주를 봤나, 아니 이녀석 이거 소여물만 잔뜩 가져와 놓구서는 천공이라니, 그럼 먹다 남은 것은 누가 먹을 것인고?"

"예, 굶주리고 굶주린 무주고혼들이 먹을 것이옵니다, 스님."

"허허, 이 원주녀석이 맹물은 아니고 뜨물쯤은 되는구먼 그래, 응? 허허허."

옆에서 잠자코 있던 청담스님이 한 마디 거들었다.

"이것보시오, 철스님, 이 원주 이름이, 현묘하고 심오한 이치를 깨닫는다고 해서 현성이오. 그런데 이름값을 못한 채 장봐오고 나물이나 볶고 살림만 살게하고 있나보오."

"현성이라……? 그러고 보니 스님도 작명솜씨가 제법이십니다 그려, 응? 허허허……"

성철스님은 한바탕 웃고나서 다시 원주를 돌아보았다.

"이것보아라, 현성아!"

"예, 스님."

"흙덩이를 던지면 개는 흙덩이를 쫓아가고 사자는 그 흙덩이 던진 사람을 무느니라."

"예, 스님. 마음속 깊이 새기겠습니다."

"보아하니 너는 전생에 부처님 옷을 많이 입혀드린 인연으로 큰 불사를 잘하겠구나, 응? 허허허······."

"지나가는 점장이 같은 소리 귀담아 듣지 말고 어서가서 차나 한 잔 끓여 오너라."

청담스님이 현성수좌에게 일렀다. 그러자 성철스님 또한 가만히 있지 않았다.

"차는 무슨 차, 구정물이나 한 바가지씩 떠 안겨라 응? 허허허허 ······."

"그게 좋겠구나, 허허허허······."

청담스님과 성철스님, 두 스님은 법담을 주고받으며 박장대소했다. 두 스님은 어릴적 친구를 다시 만났을 때처럼 밤이 깊어가는 줄도 모르고 법담을 나눴다.

1970년 3월, 한 젊은이가 도선사 청운당으로 스님을 찾아뵙고 인사를 올렸다.

"네가 누구이던고?"

"예, 상자 준자, 차상준거사의 아들이옵니다."

"오, 그래? 그 차거사님은 신심이 참으로 장하셨다. 내가 조계사에 있을 때에 일을 많이 도와주셨어. 그리고 참, 네 아버님께서는 불교경전을 우리글로 옮겨야 한다고 열성도 대단했었느니라."

"예."

"헌데, 네가 어쩐 일로 나를 찾아 왔느냐?"

"스님의 제자가 되고 싶어서 찾아 뵈었습니다."

"허허 그래? 내 제자가 되어서 무엇을 하려구?"

"예, 공부를 해서 깨달음을 얻고 싶고, 깨달음을 얻어 동방에서 큰 빛을 내고 싶습니다."

"그래? 그럼 어디 한번 있어보아라."

경상북도 상주에서 올라온 이 젊은이에게 스님은 두말없이 출가를 허락해 주었다. 그리고 이 상주 젊은이가 일 년여의 행자생활을 마친뒤, 스님은 이 젊은이에게 동광(東光)이라는 법명을 지어 내려 주셨다.

일년전 깨달음을 얻어 동방에서 큰빛을 내고 싶다고 했던 이 젊은이의 뜻을 그대로 기억해 두었다가 동방에서 큰빛이 되라는 뜻으로 동광이라는 법명을 지어준 것이었다.

제자 동광에게 스님은 다 떨어진 헌 장삼을 한 벌 내려주면서 나직하게, 그러나 준엄하게 일렀다.

"네가 스스로 복을 지어서 새옷을 입도록 해라."

"예."

다 떨어진 헌 장삼을 공손히 받아든 동광의 두 손이 가만히 떨리고 있었다.

청담스님은 앞일을 미리 예견했던 것인지, 지난 일을 회상하며 추억에 잠기는 때가 많아졌다. 하루는 그림자처럼 따라다니며 시봉을 맡아주던 혜성스님을 불렀다. 먼 산에서 뻐꾸기 소리가 들려왔다.

"얘, 혜성아."

"예, 스님."

"저 뻐꾸기 소리를 들으니, 일본 송운사 시절이 생각나는구나."

"예······."

"······그 절은 지금도 그 자리에 그대로 있는지, 그리고 그 스님은 또 어찌 되셨는지······."

혜성스님은, 추억에 젖어있는 스승의 마음을 깨우고 싶지 않았다. 한참후에야 넌즈시 말을 건넸다.

"······한번 다녀오시지요, 스님······."

"글쎄······ 그, 그럴까······?"

마침내 그 해 5월, 청담스님은 일본으로 건너가서 어렸을 때 행자생활을 하던 송운사(松雲寺)를 찾았다. 그러나 옛날의 그 아끼모도 준까(秋元淳稚)스님은 열반에 드신 지 오래였고, 송운사에는 그의 제자가 주지를 맡아오고 있었다.

일본을 다녀온 바로 그 해, 1971년 11월이었다.

스님은 부산 동래 범어사에서 열리는 세계고승 초청 국제보살계

에 참석하기 위해 제자 동광을 데리고 도선사를 떠났다.

이 국제보살계에는 월남의 챠우스님, 중국의 백성스님을 비롯한 일본, 스리랑카, 네팔 등에서 기라성 같은 세계의 고승들이 다 참가하고 있었다.

스님은 이날 제자 동광과 함께 오전 10시에는 수유리 화계사에 들러 중앙불교승가교육원 개설식에 참석하여 법문을 한 다음, 그길로 대구를 거쳐 동화사 주지 진산식에 참석키 위해 밤늦게 동화사로 올라가고 있었다.

길도 험하고 전깃불도 없던 시절이라 청담스님은 제자 동광에게 촛불을 밝혀 들도록 했다.

캄캄한 밤길을 제자 동광과 함께 올라가면서 스님은 제자에게 이렇게 일렀다.

"이것 보아라, 동광아. 어둠을 밝히는 이 촛불처럼 수행자는 항상 밝은 마음으로 이 어두운 사바세계를 밝혀야 하는게다."

다음 날 아침, 스님은 동화사 주지 진산식에 참석하여 손경산스님의 새주지 취임을 축하하는 법문을 하신 다음 또다시 길을 재촉하여 안동에서 열린 대학생초청 법회에 참석, 법상에 올랐다.

"그대들은 그대들의 주인이 무엇인지 알고 있는가? 이름이 주인이 아니요, 얼굴이 주인이 아니요, 직함이나 벼슬이 주인이 아니니, 그대들은 마땅히 주인을 알라! 그대 자신의 주인은 바로 마음, 바로 그놈이니, 그놈을 바로 보고, 그놈을 바로 알고, 그놈을 바로 다스려야 할 것이다!"

부처님의 말씀을 듣고자 하는 곳이면 스님은 멀고 가까움을 가리지 않았다.

스님은 칠십노구를 이끌고 안동 법회를 마친뒤, 다시 길을 재촉해서, 부산 범어사의 국제보살계에 참석했고, 이 법회를 마친 후에는 해군함정을 타고 한산도까지 나가 방생법회까지 열어 뱃전에 선채 수중에 있는 수고중생(受苦衆生)들을 위해 법을 설해주었다. 그리고 서울로 돌아온 지 사흘째 되던 날 밤이었다.

간혹 가을바람에 날려온 나뭇잎이 봉창을 두드려, 듣는 이의 마음을 심난하게 했다. 청담스님은 자리에 누운채로 혜성수좌를 불렀다.

"부르셨사옵니까, 스님?"

"혜성이 네가 보기에 불교정화는 어찌되었다고 생각하느냐?"

"이 만큼이라도 된 것이 퍽 다행이라고 여기고 있습니다. 모든 것이 큰 스님의 힘입니다……."

"아니야, 아직도 멀었어…… 정화불사를 깨끗이, 아주 깨끗이 마무리하고 떠날 생각이었는데……."

"아니 스님, 무슨 말씀이시옵니까?"

청담스님은 혜성수좌의 손을 잡으며 말을 계속했다.

"너나 나나, 사람은 누구나 언젠가는 인연이 다하면 떠나게 되어 있는게야 ……그동안 빌려입은 지수화풍(地水火風) 네 가지, 모두 돌려주고 말이다…….."

"원 스님께서두…… 왜 그런 말씀을 하시옵니까? ……그동안 너무 무리하셨습니다. 오늘은 그만 편히 쉬시도록 하십시오, 스님."

청담스님은 잡았던 혜성수좌의 손목을 스르르 놓았다.

"……그래 ……그만 나가보아라 ……나 ……그만, 잠을 자야겠다."

이 목숨 태어남은 한조각 뜬구름 생겨남과 같고, 이 목숨 스러짐은 한조각 뜬구름 흩어짐과 같으니, 그래서 생(生)에도 사(死)에도 집착하지 말라고 이르셨던가.

사람의 일생은 풀잎 위의 이슬이요, 물 위의 거품. 부귀영화도 명예도 권세도 한토막 꿈과 같으니 그래서 어리석은 꿈에서 깨어나라 이르셨던가.

1971년 11월 15일 밤. 일진광풍이 홀연히 천지를 뒤흔드니, 이것이 청담대선사의 안타까운 열반이었다. 세수(世壽) 일흔이요, 법랍(法臘) 마흔 다섯이었다.

수천의 승려, 수많은 조객들이 흐느끼는 가운데 종단장(宗團葬)을 모시고 다비를 올리니 영롱한 사리 여덟 과가 나왔다. 제자들은 사리를 나누어 도선사와 문수암, 옥천사에 각각 사리탑을 세우고 그 법을 전하니 정천, 혜명, 혜성, 현성, 혜정, 혜광, 동광, 도우, 상오, 설산 등 이십 여명의 제자들은 큰스님의 뜻을 받들어 상구보리 하화중생(上求菩提下化衆生)에 더욱 매진하게 되었다.

성불(成佛)을 한 생(生) 미루더라도 중생을 구제하겠다고 되뇌이던 큰스님의 법음(法音)을 마음에 새기면서……